KB064094

자네 이름은 산초가 좋겠다

안전가옥 쇼-트 23

가언 단편집

The
Marine Area
& Old Man

살라오의 근성

산티아고는 멕시코만의 작은 도시에 위치한 해양 에리어 던전에서 혼자 관리인 일을 하는 늙은이였다. 던전 입구를 정비하고 내부 순찰을 도는 것이 임무였지만, 그는 지난 84일 동안 몬스터를 단 한 마리도 보지 못했다. 던전 안에서 몬스터가 완전히 사라진 후 처음 40일 동안은 젊은 헌터들이 이따금 드나들었다. 하지만 아무런 소득을 얻지 못하는 날들이 이어지자, 젊은이들은 하나둘 고개를 가로저으며 떠나 버렸다. 더 이상 아이템을 캘 수 없게 된 던전에 굳이 품을 들일 필요는 없었으니까.

마지막으로 떠나던 헌터는 관리인 노인을 걱정스럽게 바라보며 조언했다.

"영감님도 떠나는 게 좋을 겁니다. 관리인 일도 오래 하셨으니, 은퇴하면 연금도 나올 텐데. 뭐 하러 붙어 있습니까?"

살라오의 근성

노인은 그저 주름이 깊이 파인 뺨에 미소를 드리우며, 얼른 가라 손짓해 배웅해 주었고, 그렇게 노인의 해양 에리어 던전 일대는 완전히 인적이 끊어지고 말았다.

그럼에도 산티아고 노인은 텅 비어 버린 던전을 매일같이 정비했다. 젊은 시절부터 함께한 작살에, 활이며 화살, 그리고 몇 자루의 칼과 권총 따위의 장비들을 걸친 채, 그는 아무도 찾지 않는 던전에 홀로 들어갔다가 빈손으로 돌아오는 일을 반복했다.

아무것도 나오지 않는 던전처럼, 볼품없기는 노인도 마찬가지였다. 여윈 목에는 주름이 가득했고, 셔츠 밖으로 드러난 팔뚝이며 어깨에는 오래된 상처가 빼곡하게 들어차 있었다. 투박한 양 손바닥엔 오랜 세월 동안 활을 잡아 온 그대로 굳은살이 남았다. 노인이 언제나 깡마른 어깨에 걸치고 다니는 작살인, '살라오의 근성'은 특히나 낡고 오래되어 마치 영원한 패배를 상징하는 것처럼 보였다.

하지만 노인의 두 눈동자만큼은 달랐다. 짙은 푸른색을 띤 눈동자는 마치 바다처럼 생명력이 넘실거렸다. 언제나 빈 인벤토리로 돌아오곤 했지만, 그럼에도 노장의 두 눈동자는 실패라고는 한 번도 겪어 본 적 없는 것처럼 굳건했다.

포터 청년, 마놀린은 그러한 노인이 안쓰러우면서도 마냥 좋았다. 이제는 아무도 찾지 않게 된 던전에 홀로 꾸준히 드나드는 것은 오로지 그 까닭이었다. 노인이 던전 밖으로 저벅저벅 걸어 나오자 게이트 계단에 걸터앉아 있던 청년이 벌떡 몸을 일으켰다. 아직 앳된 티가 채 가시지 않은 얼굴에 환한 미소가 피어났다.

"산티아고 할아버지! 나오셨어요?"
"이런, 오늘도 왔구나, 마놀린. 늘 고생이 많다."

노인 역시 빙그레 웃으며 익숙하게 그를 맞았다. 청년, 마놀린은 조금 떨어진 곳에 있는 상인 길드에 소속된 '포터'라 불리는 헌터였다. 포터는 전투에 나서는 대신 던전 앞에서 헌터들이 나오기를 기다렸다가 누구보다 빠르게 좋은 물건을 입수해, 소속된 상단 길드에 되파는 일을 했다.

이곳에서의 아이템 드롭 확률이 0%에 가까워지자, 청년의 동료들은 이미 다른 던전들로 옮겨 간 뒤였다. 마놀린은 끝까지 노인과 함께하고 싶었지만, 당장 돈을 벌어야 하는 처지였다. 그래서 조금 일찍 다른 던전을 돈 뒤 가장 마지막으로 이 던전을 찾곤 했다.

산티아고에게 달려간 마놀린은 장비를 바닥에 내려놓는 것을 도와주었다. 노인은 인벤토리 창을 연 뒤 장비의 손상도와 오염도를 하나하나 직접 확인했다.

마놀린은 얌전히 기다렸다. 오늘도 던전은 텅 비어 있었을 테고, 노인은 단 한 번도 무기를 꺼내지

살라오의 근성

않았을 것이다. 당연히 무기가 상했을 리 없었지만, 오랜 헌터 생활로 몸에 밴 이 과정을 거치지 않으면 노인은 도통 마음이 놓이지 않았다.

"미안하구나. 오늘도 네게 건네줄 만한 좋은 아이템은 찾지 못했어."

"괜찮아요, 할아버지. 오늘은 아무것도 없지만, 곧 이 던전에도 몬스터가 돌아올 거예요. 아직 던전 비활성화가 공식적으로 진행된 것도 아니잖아요."

마놀린의 말에 노인의 주름진 낯에 미소가 드리워졌다.

"그래, 그럴 게다. 좋은 소식이 생기면 마놀린, 네게 제일 먼저 알려 주마."

"꼭 그러셔야 해요. 하지만 진짜 혼자서 괜찮으시겠어요? 혼자 던전에 들어가셨다가 A급 몬스터라도 출현하면 위험하잖아요. 저라도 도와드릴까요? 제가 비록 포터지만, 그래도 저 한 몸 정도는 지킬 수 있어요. 분명 할아버지께도 도움이 될 거예요."

노인이 확인을 끝낸 무기를 하나하나 인벤토리에 갈무리하는 것을 보며 마놀린이 걱정스레 눈썹을 휘었다. 노인이 시스템 창을 터치할 때마다 단도며 총검이 새하얀 빛의 입자로 흩어져 인벤토리 속으로 수납되었고, 얼마 지나지 않아 장비가 쌓여 있던 자리는 텅 비었다.

"마음 써 줘서 고맙구나. 하지만 괜찮아. 너는 이미 벌이가 좋은 직장을 찾았으니 계속 거기에 있는 편이 나을 거야."

"하지만…."

"괜찮아. 정말로 괜찮단다. 게다가 당장 나올 것도 없는 데서 인력을 낭비하는 것도 못 할 짓이지. 여기는 나 혼자로도 충분할 거다."

무기 정리를 끝낸 노인이 마놀린의 어깨를 툭툭 두드려 주었다. 부드럽지만 단호한 어조에 더 이상 할 말을 찾지 못한 마놀린은 불만스럽게 입을 비죽이다 화제를 돌렸다.

"할아버지, 이 뒤에 시간 어떠세요? 테라스에서 맥주 한잔하고 싶은데. 오랜만에 같이 안 가실래요? 제가 한잔 사 드릴게요."

"그거 듣던 중 반가운 소리구나. 테라스라, 참 좋지. 거기는 아주 옛날부터 좋은 곳이었어."

옛날을 회상하는 듯, 노인의 주름진 입가에 미소가 피어났다. 테라스는 아주 오래된 헌터 전용 펍으로, 옛날에는 낚시꾼들이 삼삼오오 모여 김빠진 맥주를 들이켜던 곳이었다. 세상이 바뀌어 이제는 일과를 마친 헌터들이 정보를 공유하며 휴식을 취하는 곳이 되었지만, 예나 지금이나 그 풍경은 크게 달라지지 않은 것 같았다.

일행이든 아니든 저마다 어울려 가며 잔뜩 취해

어깨동무하고, 시끄럽게 노래를 불러 대며 최전선의 피로를 달래는 그곳은 노인이 제법 좋아하는 장소였다.

오늘도 테라스 안은 평소처럼 소란스러웠다. 왁자지껄한 헌터들 사이를 뚫고서 두 사람이 자리를 잡자, 익숙한 얼굴의 바텐더가 주문도 받지 않고 차가운 맥주 두 잔을 가져다주었다.

헌터들은 오늘 어떤 몬스터를 잡았는지, 얼마나 치열한 전투였으며 어떤 값진 아이템을 얻었는지 이야기를 주고받았다. 개중에는 새로 나온 무기와 레어 아이템 장비에 관한 이야기도 있었다. 한쪽에서는 운 좋게 '핵'을 얻은 헌터가 술은 자신이 사겠노라 소란을 부리기도 했다. 맥주를 들이켜던 청년이 문득 궁금증을 드러냈다.

"그러고 보니까, 할아버지의 주 무기는 작살이죠? 아마 이름이… '살라오의 근성'이었던가."
"맞아. 작살로 분류되긴 하지만 바다 이외에 사막 에리어에서도 꽤 쓸 만해."
"작살 이름에 붙은 '살라오'는 무슨 뜻이에요?"
"재수가 없는 사람이라는 뜻이지. 스페인 말이란다. 멋진 이름이지 않니?"

노인이 퍽 다정스럽게 대답해 주었다. 테라스 안의 나이 든 헌터들은 노인과 마놀린을 이따금 걱정스러운 얼굴로 바라보았다. 개중에는 노인을 놀려 대는 사람도 있었지만, 노인은 조금도 화를 내지 않았다.

살라오란 다른 헌터들이 노인을 부르는 별명이기도 했다. 운이 다한 자. 더 이상 아무것도 나오지 않는 던전에 얽매인, 가련하고 힘없는 노인. 하지만 산티아고는 그렇게 생각하지 않았다. 살라오의 '근성'. 던전에서는 더 이상 아무것도 나오지 않았지만 아직 공식적으로는 활성화 상태였고, 노인은 여전히 헌터였다. 그것만으로도 충분했다.

그때, 옆 테이블의 나이 지긋한 헌터가 말을 걸어왔다.

"아직 그 던전은 비활성화가 되지 않은 건가? 벌써 몇 달이 넘었잖아. 비활성화가 되어야 영감도 은퇴할 수 있을 텐데. 던전이 열린 상태인 이상, 영감은 은퇴 신청도 할 수 없잖아? 후계를 찾는다고 해도, 아무것도 나오지 않는 던전에 젊은 놈들이 선뜻 나설 리도 없고.

영감은 초기 각성자니까 은퇴 의사를 밝히면 정부에서 다른 관리자를 파견해 줄지도 모르지. 제법 편의를 봐주지 않나? 아무튼, 시스템이 던전을 폐쇄하면 그때야말로 은퇴 신청을 하게. 슬슬 관절 움직이기도 힘든 나이잖소. 이제 와서는 그냥 퇴물이지."

늙은 헌터가 혀를 끌끌 차며 그렇게 말하자, 옆에 앉아 있던 마놀린이 발끈해 쏘아붙였다.

살라오의 근성

"퇴물이라니, 무례한 말씀 하지 마세요. 할아버지 같은 초기 각성자들이 세상을 지켜 주었으니, 우리가 지금 이렇게 희희낙락할 수 있는 겁니다. 지금도 그래요. 할아버지가 항상 던전을 순찰해 주시니 마음 놓을 수 있는 거지, 이렇게 다들 방심한 사이에 공략할 타이밍을 놓쳐서 던전 브레이크라도 생기면 어떡할 거예요? 할아버지는 아직 현역이시거든요!"

"알았다, 알았어. 내가 말실수했다, 포터 꼬마야."

늙은 헌터가 손을 휘휘 내저으며 사과했지만 마놀린은 여전히 기분이 풀리지 않았는지 계속해서 씩씩댔다. 노인은 빙그레 미소 지으며 청년을 다시 자리에 앉혔다.

"너무 열 내지 말려무나."
"저런 위아래도 없는 녀석들 같으니…."

젊은 헌터들은 이미 방금의 화제에 흥미를 잃어버린 건지 다른 주제로 왁자하게 떠들어 댔다. 차가운 맥주잔을 꽉 쥔 마놀린이 목소리를 잔뜩 죽이고 투덜거렸다.

"다른 친구들도 다 절 바보 취급해요. 할아버지 던전까지 가는 건 쓸데없는 짓이라고. 하지만 전 절대 그렇게 생각 안 해요. 할아버지도 아시죠? 그 던전은 아직 살아 있다고요."
"물론 알지. 네가 그 사실을 의심하지 않는다는

것도 알아."

"저놈들에게는 신념이라는 게 없어요. 제 친구들도 마찬가지고요. 던전이 열려 있는 한, 헌터는 한시도 경계를 늦추면 안 되는데. 몬스터는 언제든 출현할 수 있다고요."

"그렇지. 맞는 말이야. 그러니 끝까지 던전을 지킬 거란다. 할애비에게는 신념이라는 녀석이 있지 않니?"

청년을 달래며 노인은 차가운 맥주를 반쯤 비웠다.

"우리는 헌터들이니까. 안 그러냐?"

술 냄새와 튀김 냄새, 그리고 해안 지역 특유의 바다 냄새가 시끌벅적한 테라스를 가득 채웠다. 어느 순간부터 노인은 옛날 일들을 떠올리고 있었다. 갑자기 세상이 뒤집히고 시스템에 지배되기 시작했을 때, 갑자기 전 세계 곳곳에 던전이라는 알 수 없는 공간이 나타났다. 처음 발생한 사태에 국가들은 비상사태를 선포하고 관찰 기간을 가졌다.

시스템 창은 모두에게 고르게 분배되었다. 시스템 창에서는 각자가 가진 능력치가 숫자로 표시된 스테이터스를 확인할 수 있었다. 사람들이 모두 예비 헌터가 된 것이다. 그중에서도 특출난 특기가 있는 자들은 스테이터스와 더불어 자신의 '스킬'을 확인할 수 있었다. 그들이 바로 1세대 헌터였다. 시스템이 스킬을 가진 헌터들만 던전을 공략할 수 있다

살라오의 근성

는 사실을 고지하자, 국가에서는 부랴부랴 헌터들을 모아 첫 공략 팀을 꾸렸다. 거기에는 과거 고기잡이를 하던 노인도 포함되었다.

약간의 훈련을 거친 뒤 곧장 실전에 투입되었다. 그때 들어갔던 바로 현재 노인이 지키는 곳이었다. 첫 던전 공략은 성공이었다. 덕분에 다른 도시들이 공략 타이밍을 놓쳐 던전 브레이크를 겪으며 사방팔방 튀어나온 몬스터들로 곤욕을 치를 때 이 주변만큼은 무사할 수 있었다.

마찬가지로 옛일을 떠올리고 있었는지, 마놀린이 입을 열었다.

"할아버지. 기억나세요? 제가 처음 각성하고 헌터가 된 무렵이요. 가끔 던전에 같이 들어가 주시기도 했잖아요."

"기억하다마다. 네가 어찌나 기뻐하던지, 나도 기분이 좋아지더구나. 너는 아주 어릴 때부터 헌터가 되고 싶어 했으니까."

"입구만 안내해 주시기로 하고 단둘이 던전에 들어갔다가 A급 몬스터가 나타나서 고생했잖아요. 그때 할아버지가 구해 주시지 않았더라면 저는 꼼짝없이 죽었을 거예요."

"그때 일이 정말로 다 기억나는 거냐?"

"그럼요. 할아버지가 가르쳐 주신 건 전부 다 기억하고 있어요."

마놀린은 마치 아득한 일을 회상하듯 먼 곳을 바라보았다. 아직도 생생히 기억했다. 자신을 뒤로 밀치고 혼자 이빨상어와 전투를 벌이던 노인의 등을. 이빨상어에게 긁힌 어깨에서 피가 꽤 흘렀지만, 왜소하지만 단단히 단련된 어깨는 시퍼런 힘줄까지 세워 가며 사납게 덤벼 오던 고위 몬스터를 끝까지 상대했다.

작살로 상어의 턱을 꿰뚫은 노인은 총을 몇 발이나 갈기고, 마지막에는 몽둥이를 들어 이빨상어를 퇴치했다. 노인이 크게 숨을 몰아쉬는 사이 바닥에 처박힌 이빨상어가 새하얀 입자로 흩어지던 광경은 아마 평생 잊지 못할 터였다. 마놀린이 씁쓸하게 덧붙였다.

"저도 전투를 배우고 싶었지만… 제 스킬은 전투랑 맞지 않잖아요. 결국 포터 일을 하게 됐네요. 그래도 그때 할아버지가 싸우는 것만이 중요한 게 아니라고 해 주신 덕에 아직 헌터라는 자부심을 가지고 있어요."

"그건 다 네가 훌륭한 포터인 덕이지. 네 스킬은 언제나 전투 헌터들에게 크게 도움이 된단다."

노인은 청년을 다정하게 바라보았다. 노인의 칭찬에 약간 취기 오른 청년의 얼굴에 소년 같은 순박한 미소가 드리워졌다. 이제는 헌터가 드물지 않은 세상이었다. 젊은이들 사이에서는 각성자가 되는

살라오의 근성

요령마저 사고 팔리는 모양이었다. 그러니 어쩌면 옛날보다 좀 더 좋은 세상이 찾아왔다고 말할 수 있을지도 몰랐다. 노력으로 이룰 수 있는 일의 종류가 늘어났으니까.

"아 참! 할아버지, 포션을 좀 가져다드릴까요? 모자라지 않으세요?"

"괜찮아. 아직 많으니까."

"그래도 부족한 것보다는 남는 게 낫잖아요. 한 세트 가져다드릴게요."

"그래. 그러려무나."

결국 노인은 마놀린의 고집에 꺾일 수밖에 없었다. 못 이기는 척 고개를 끄덕인 노인이 화제를 돌렸다.

"내가 A급 이빨상어의 핵을 가지고 돌아온다면, 네게도 한몫 떼어 주마. 그 정도면 제법 괜찮은 장비를 맞출 수 있을 거야."

"감사한 말씀이지만, 할아버지의 장비를 바꾸는 것도 괜찮을 것 같아요."

"내 건 아직 괜찮아. 튼튼한 놈들이고, 자주 손질해서 내구도가 아주 그만이거든."

마지막 남은 맥주를 입 안에 털어 넣으며 노인이 대답했다. 물론 청년에게 멋진 장비를 사 줄 수 있는 미래가 근시일 안에 올 것이라고는, 노인도 장담하지 못했다. 던전에서 나오는 아이템들과 정부에서 주는 적은 지원금으로 겨우 살림을 꾸려 가는 생활은 언제나 여유롭지 못했고, 던전의 부산물을 얻지 못하는 지금은 예전보다 더 가난했다.

그럼에도 두 사람은 이런 실없는 대화를 자주 주고받았다.

"내일 복권을 하나 사다 주겠느냐? 내일은 아무것도 잡지 못한 지 85일째 되는 날이니, 85가 들어가는 숫자면 좋겠구나. 어쩌면 괜찮은 일이 생길지도 모르지. 원래 85가 재수 좋은 숫자라고들 하거든."

"87은 어때요, 할아버지? 옛날에, 할아버지가 어부셨을 때, 87일 만에 신기록을 세우셨다면서요."

"아마 그럴 일은 다신 없을 거다. 85로 부탁하마."

"네, 알겠어요. 내일 사서 가져다드릴게요."

열어 둔 창문 사이로 들어온 바람이 제법 선선했다. 바다에 나가던 옛날에는 이런 바람이 부는 날 꼭 큰 생선을 잡고는 했다.

야구 기사가 실린 신문을 하나 챙겨 둥실대는 나룻배 위에 몸을 싣고, 약간의 허기와 함께 뙤약볕 아래에서 낚싯줄을 드리운 채 해풍이 몰고 오는 이국의 향기를 가만히 맡고 있자면 작은 바닷새 한 마리가 돛대에 날아들어 잠시 날개를 쉬어 가고는 했다. 돌고래가 떼를 지어 이동하고, 가끔 운이 좋으면 바다거북을 보는 날도 있었다.

살라오의 근성

"할아버지, 할아버지."

"으응?"

상념에 잠겼던 그의 정신을 마놀린의 목소리가 현실로 돌려놓았다. 고개를 들자 걱정을 한가득 담은 청년의 눈동자와 시선이 마주쳤다.

"할아버지, 많이 피곤하세요? 어쩐지 말씀이 없으셔서."

"아니다. 조금 취기가 오르는구나. 이제 그만 슬슬 일어날까?"

밤이 깊어 가고 있었다. 노인의 말에 마놀린이 얼른 고개를 끄덕이며 먼저 몸을 일으켰다. 직원에게 술값을 치를 요량이었다.

*

청년은 노인을 집 앞까지 바래다준 뒤 돌아갔다. 노인의 집은 던전 근처의 작은 오두막이었다. 이미 밤이 깊은 시간, 집 안으로 들어선 노인은 가장 먼저 불을 밝혔다. 그의 오래된 장비들처럼 조촐한 가구들이 조용히 그를 반겼다. 침대의 매트리스는 거의 다 해진 상태였고, 이불 대신 놓인 담요에는 구멍이 나 있었다.

책상 겸 식탁으로 사용하는 테이블은 다리 길이가 맞지 않아 겹겹이 접은 종잇장을 깔아 겨우 평형을 유지하고 있었다. 예전에는 테이블 위에 아내의 사진이 올려져 있었지만 사진 속의 그녀와 눈이 마주칠 때마다 어쩐지 쓸쓸한 기분이 들어 치워 버린 지도 오래였다. 깨끗한 천에 감싸 잘 보관된 사진 속의 그녀는 더 늙는 일 없이 곱게 미소 짓고 있었다. 노인의 작은 바람은, 사진 속 그녀처럼 자신 역시 오랫동안 변하지 않는 것이었다. 몸이 늙는 건 어쩔 수 없지만, 적어도 마음까지 늙고 싶지는 않았다.

노인은 습관처럼 TV를 켜고 천을 덧대 누덕누덕 기운 흔적이 고스란히 남은 소파에 털썩 주저앉았다. 몇 차례 위태롭게 흔들리던 TV 화면이 가까스로 제 색깔을 찾았다. 스피커에서 나오는 탁한 소리가 오늘의 스포츠 뉴스를 떠들어 댔다. 화면은 간간이 지직대며 마운드 위에서 달려 나가는 야구선수를 비췄다. 노인은 한동안 뉴스에 열심히 귀를 기울였다. 옛 뱃사람들이 으레 그러했듯, 노인은 야구를 좋아했다. 그의 영향을 받은 청년 역시 마찬가지였다. 하지만 그는 얼마 지나지 않아 딴생각에 빠지고 말았다.

1세대 각성자라는 거창한 호칭은 자신에게 썩 어울리지 않은 것 같다고, 노인은 이따금 그렇게 생각했다. 그때 함께 던전을 공략했던 녀석들은 대부분 전사하거나 늙어 죽었다. 운 좋게 살아남은 몇몇은 사회의 요직에 앉아 헌터들을 관리하는 일을 했다.

살라오의 근성

아직도 현장에 남아 늙어 가는 사람은 오직 그뿐이었다.

이따금 TV 화면에 익숙한 얼굴의 늙은이들이 비칠 때마다 노인은 감탄했다. 잘되었군. 언제나 딱 그 정도 감상이었다. 딱히 출세의 기회가 없었던 것도 아니었고, 그렇다고 해서 뭔가를 거절한 일도 없었다. 노인은 천천히 나이 들어 갔다. 던전과 함께. 하지만 후회는 없었다. 현재 마놀린이나 다른 사람들이 노인을 걱정하는 것처럼, 앞날을 걱정하거나 패배감에 휩싸이는 일은 없었다.

'내 팔다리에는 아직 힘이 있어.'

아직 A급 이빨상어를 혼자 해치우는 것도 문제없었다. 옛날처럼 젊고 힘이 세지는 않지만, 그에게는 요령이 있었다.

노인은 가장 처음 던전에 발을 들였을 때를 선명히 기억했다. 포터 청년보다 조금 더 어렸을 무렵의 일이었다. 공략을 시작했던 시간은 밤이었다. 하지만 던전에 입장하자마자 강한 햇살이 쏟아졌고, 그는 저도 모르게 눈을 찌푸렸다. 예상치 못한 상황에 옆에 있던 다른 헌터들도 긴장하는 게 느껴졌다. 그리고 차차 시야가 햇빛에 익숙해지자, 눈앞에 새로운 세상이 펼쳐졌다.

그들이 선 곳은 바닷속이었다. 어느 섬이나 육지에 서서 바다를 바라보는 게 아닌, 정말 말 그대로 바닷속에 발을 딛고 서 있었다. 강렬한 햇빛이라 여겼던 것은 머리 위 높은 곳에 있는 수면을 뚫고 파고든 햇살의 잔상이었다. 모두 눈앞의 광경을 당장 받아들이지 못해 한참을 굳어 있기만 했다. 개중에는 물에 빠졌다고 생각해 코와 입을 틀어막는 녀석도 있었다. 하지만 그럴 필요는 없었다. 산소통도, 호흡을 위한 보조 도구도 없었지만 숨을 쉬는 데 아무 문제가 없었다.

마치 처음부터 세상의 일부였던 것처럼, 던전은 젊은 헌터들을 맞이해 주었다. 주변을 둘러보니 도시 하나가 통째로 깊은 바닷속에 가라앉은 것 같은 풍경이 눈에 들어왔다. 세상은 온통 짙푸른 색이었다. 침수된 건물의 잔해 위로 해초가 넘실거렸고, 자잘한 물고기들이 무리 지어 헤엄쳐 다녔다. 전설 속의 아틀란티스가 실재한다면 이런 모습일 듯했다. 코끝부터 폐부의 깊은 곳까지 선명한 바다 냄새가 파고들었다.

마치 물속에서 숨을 쉬고 있는 것 같은 청량감이 느껴졌다. 깊은 해저에 가라앉은 도시는 누가 봐도 이 세상의 것이 아니었다. 뻥 뚫린 창문 너머로 형형색색의 열대어가 헤엄쳤고, 동시에 차가운 물에서만 사는 물고기 역시 노니는 게 보였다. 유적지에서나 굴러다닐 법한 우뚝 솟은 거대한 기둥은 이끼들의 거처가 되어 있었고, 아주 오래전부터 사람의 손길이 전혀 닿지 않은 듯한 건축물들은 색이 바래고

살라오의 근성

낡아 원래의 모습을 쉽게 상상할 수 없었다.

그는 저도 모르게 눈앞을 스치는 고등어를 향해 손을 뻗었다. 손끝에 스치는 미끄러운 감촉은 분명히 살아 있는 물고기였다. 피부에 닿는 공기, 아니, 물이 서늘했다. 그리고 산란 끝에 바닷속까지 다다른 햇살은 마치 천사의 날개처럼 그의 등을 감싸는 것 같았다. 그러나 공략대가 점점 앞으로 나아갈수록 수심이 깊어지며 깊은 바다의 어둠이 찬찬히 그들을 감쌌다. 그 서늘한 냉기가 다정히 뺨을 쓸어내렸다. 마치 무더위를 식혀 주는 선선한 바람처럼.

어느 정도 나아가자, 덩치 큰 B급의 옥토퍼스가 달려들어 왔다. 헌터들은 곧장 전투태세를 했다. 그 역시 마찬가지였다. 그 순간만큼은 만전의 용사가 된 기분이었다. 바로 그날, 노인은 직감할 수 있었다. 자신의 남은 삶이 얕은 이세계의 잔해, 깊은 심해, 바다, 던전에 있을 것이란 사실을. 그리고 노인은 그 사실이 제법 기꺼웠다.

한참을 떠들어 대던 TV 소리가 아득해졌다. 노인의 손에 있던 리모컨이 툭, 하고 바닥에 떨어졌다. 그는 어느새 곤히 잠에 빠졌다. 노인은 꿈에서 바다를 보았다. 그는 조각배를 타고 먼바다를 향해 노를 저었다. 던전 속에서나 맡을 수 있는 청량한 바다의 기운이 그를 감싸 안았다.

저 멀리 수평선이 보였다. 막 떠오른 태양 빛이 바

다에 부서지며 두 눈을 아프게 했고, 하늘에는 형형색색의 물고기들이 노닐었다. 날치 떼가 햇빛을 받아 오색찬란한 빛깔로 반짝이며 둥글게 원을 그렸다. 새끼가 함께 있는 돌고래 무리가 유유히 아침 해를 향해 나아갔고 빨갛고 노란 작은 물고기들이 구름 근처에서 숨바꼭질하듯 헤엄쳤다.

노를 쥔 팔을 움직일 때마다 그는 태양에 가까워졌지만 반대로 하늘은 점점 어두워져 갔다. 때아닌 밤이 찾아온 듯, 혹은 점점 더 깊은 심해로 잠수하는 듯. 젊은 시절, 고깃배의 어부로 가장 좋아하던 풍경과 지금 그가 삶을 함께하는 던전의 모습이 절묘하게 맞닿은 광경이었다.

노인은 일렁이는 햇살과 나아갈수록 점점 짙어지는 어둠, 젊은 시절 배 위에서 맞은 소금기 어린 바람과 현재 던전에서 느끼는 바닷속의 깊은 고요함, 그 속에서 헤엄치며 노니는 알록달록한 열대어들과 인기척에 놀라 도망치는 게, 호기심에 가까이 다가오는 돌고래를 사랑했다. 마치 어린 포터 청년을 사랑하듯이.

잠에서 깼을 때는 동이 트기 직전의 새벽녘이었다. 노인은 소파에서 천천히 몸을 일으켰다. TV는 여전히 켜진 채 썩 흥미롭지 않은 내용의 자질구레한 드라마를 방영 중이었다. 그는 바닥에 떨어진 리모컨을 주워 전원을 꺼 버렸다. 방에는 침묵이 찾아

살라오의 근성

왔다. 어둠 속에서 주섬주섬 옷을 찾아 입은 그는 먼저 물을 끓여 커피를 탄 뒤, 남은 생수를 낡아 빠진 물통에 채우고 인벤토리에 집어넣었다. 그러고는 단맛이 강하게 느껴지는 커피를 천천히 들이켰다. 그 일련의 행동을 느긋하게, 그리고 쉴 새 없이 이어서 하는 게 바로 노인이 아침을 시작하는 습관이었다.

집 밖으로 나서자 아직 해가 다 뜨지 않은 어슴푸레한 하늘이 세상을 뒤덮고 있었다. 노인은 어두운 길을 천천히 걸었다. 아마 오늘 밤에도 청년이 찾아올 터였다. 오늘은 어떤 이야깃거리를 내어 주는 것이 좋을까. 마놀린은 몬스터 사냥과 던전 이야기를 좋아했다. 노인이 바다에서 보낸 젊은 시절 역시 동경하는 것 같았다. 마놀린은 언제나 노인의 이야기를 궁금해했고, 모든 것을 알고 싶어 했다. 산티아고가 그를 사랑하듯, 청년 역시 노인을 사랑한다는 증거였다.

멀리 던전이 보였다. 입에 남은 커피 맛을 몇 번 곱씹은 노인은 던전 게이트에 발을 들이자마자 작업을 시작했다. 가장 먼저 하는 일은 입구를 가다듬는 거였다. 모든 던전 앞에는 '게이트'라고 불리는 작은 공간이 있었다. 던전 관리를 용이하게 함과 동시에 헌터들의 간이 대기실로 활용하기 위해서였다. 노인은 늘 게이트를 점검하는 것으로 일을 시작했다. 언제든 헌터들이 와서 입장할 수 있도록, 노인은 상비약과 정부에서 던전마다 무상으로 제공하는 하급 포션들을 입구의 보급용 선반 위에 가지런히 정렬해 두었다. 물건을 찾는 사람은 아무도 없었지만, 노인은 단 하루도 빼놓지 않았다.

일을 마친 노인은 게이트 한쪽에 마련된 의자에 걸터앉았다. 그리고 인벤토리를 열어 장비를 하나하나 점검했다. 마지막으로 '살라오의 근성'을 인벤토리에서 꺼내 이상이 없는지 살피는 것을 끝으로, 그는 얼마간 앉은 채로 시간을 더 보냈다. 어느새 바깥에는 해가 완전히 떠 있었다. 헌터들이 던전에 입장할 시간이었다.

던전 관리인에게는 문지기 이외에도 안내인의 소임이 있었다. 헌터들은 어느 한곳에 자리를 잡는 게 아니라 던전의 상황과 본인의 필요에 따라 거점을 옮겨 다니는 경우가 잦았다. 그래서 예전에는 하루에도 몇 번씩 초행인 헌터들이 찾아오기도 했다. 관리인은 그들이 내부에서 길을 잃어버리지 않도록 안내해 주는 역할도 하면서, 동시에 위험한 몬스터가 던전에 출현하지는 않는지 감시하는 직책이었다.

하지만 오늘도 던전 입구에는 아무도 나타나지 않았다. 이상한 일은 아니었다. 아이템을 얻을 수 없다는 소문이 퍼지자마자 헌터들의 발걸음이 뚝 끊어져 버렸으니까. 노인은 던전 입구 앞에 홀로 섰다. 함께 전투를 벌일 파티원도, 동료도, 하다못해 뭔가를 얻을 수 있을 거란 확신조차 없었지만, 그에게서

살라오의 근성

는 탄식이나 아쉬움, 그리고 두려움의 기색이 전혀 보이지 않았다. 그는 그저 묵묵히 제 일을 수행할 뿐이었다.

던전의 입구는 녹이 낀, 새파란 금속으로 만들어진 두터운 철문으로 막혀 있었다. 최신 기술을 이용해 지어진 게이트와는 퍽 어울리지 않는 모습이었다. 철문에는 온갖 해양 생물들의 모습이 조각되어 있었고, 바다와 닿는 가장 아래에는, 입을 벌려 세상의 모든 것을 잡아먹으려는 이름을 알 수 없는 거대한 몬스터가 양각으로 새겨져 있었다. 노인의 접근을 감지한 입구가 활성화되며 문틈 사이로 희미하게 푸른빛을 내기 시작했다.

잠시 기다리던 노인은 적당한 때가 되었다고 판단했을 때 양손으로 두꺼운 철문을 밀어 열었다. 문틈이 점점 벌어지며 심해의 푸른빛이 바깥세상으로 흘러나오더니 노인의 몸을 천천히 감쌌다. 약간의 시간이 흐른 뒤, 노인은 던전 안으로 성큼성큼 걸어 들어갔다. 등 뒤로 문이 다시 천천히 닫혔다. 여기까지는 평소와 같았다. 게이트 내부는 다시 조용해졌다. 하지만 딱 몇 초 후, 지난 몇 달과는 다른 작은 변화가 일어났다. 찰칵 소리와 함께 던전의 입구에 잠금이 걸린 것이다.

하지만 이미 던전 안에 발을 들인 노인은, 미처 그 소리를 듣지 못했다.

몸이 물에 잠기는 듯한 감각, 그리고 바다 냄새와 물고기가 방울을 터뜨리는 소리가 온전히 귓가에 들려왔을 때, 노인은 다시 천천히 눈을 떴다. 어느새 외부와는 완전히 다른 세계가 그를 품고 있었다. 노인은 습관처럼 허공을 향해 인사를 건넸다.

"좋은 아침이구나."

물론 대답이 돌아오지는 않았다. 예전에는 함께 들어오는 헌터들이 한마디씩 얹어 주고는 했고, 더 전에는 뒤를 졸졸 따라다니던 마놀린의 재잘대는 목소리가 따라붙었다. 하지만 지금은 아무도 없었다. 그 탓에 노인은 언젠가부터 혼잣말을 즐겨 하게 되었다.

바닷속의 물고기들은 늘 오는 방문자에게도 살가운 인사 한번 없이 유유히 유영하기만 했다. 저 멀리로 미끄러진 햇살을 반사한 날치 떼의 비늘이 만든 무지개가 보였다. 노인에게는 그것만으로도 충분한 인사가 되었다.

물고기들이 왜 던전 안에 존재하는지는 아직 밝혀내지 못했다. 몬스터도 아니었고, 잡는다고 해서 딱히 아이템을 내어 주지도 않았다. 던전 밖으로 가지고 나가는 순간 빛이 되어 사라져 버렸고 죽이면 금세 리젠되어 원래 있던 자리에 나타났다. 그래서 헌터들은 물고기들에 큰 관심을 두지 않았다. 하지만 노인은 조금 생각이 달랐다. 거친 바다에서나 던

살라오의 근성

전 안에서나, 물고기들은 훌륭한 길잡이이자 말동무였다. 물고기들의 뒤를 따라가다 보면 괜찮은 사냥감을 발견하고는 했다. 파티원이 없는 지금, 그들은 제법 괜찮은 동료였다.

그는 익숙한 길로 천천히 걸음을 옮겼다. 이곳은 해가 지지 않았다. 새벽에 들어와도, 밤에 들어와도 던전 안은 항상 아침 햇살을 품은 바닷속이었다. 그는 이따금 수면 위는 어떤 모습일까, 하고 상상해 보기도 했다. 이 던전은 어떤 비행 장비도, 잠수 장비도 무효화하는 특성이 있다. 그래서 헌터들은 던전의 하늘 끝, 즉 수면에 한 번도 닿아본 적이 없었다.

분명 배를 탈 때 보았던 광경처럼, 부서지는 파도 위에 일렁이는 햇살이 눈부시게 빛나겠지. 소금기를 품은 바람이 얼굴을 스치고, 작은 바닷새와 수면 위로 튀어 오르며 노니는 돌고래들도 있을 것이다.

그런 상상은 노인을 언제나 즐겁게 했지만, 아쉽게도 오늘은 길게 이어지지 못했다. 노인은 잠시 걸음을 멈췄다. 햇빛에 데워져 늘 약간의 온기를 품고 있던 바다가 조금 차가워져 있었다.

노인은 차분히 장비를 점검했다. 등에는 그의 상징인 '살라오의 근성'이, 허리춤의 건벨트 양쪽에는 언제든 뽑아 사용할 수 있도록 정비된 권총 두 자루 '한 쌍의 제비갈매기'가, 그 옆에는 쌍칼처럼 사용하는 한 짝의 '아프리카 사자의 송곳니'가 굳건히 자리 잡았다. 두꺼운 가죽 장갑을 낀 노인의 손이 천천히 권총으로 향했다. 먼바다에서 헤엄쳐 온 물고기들이 일사불란하게 노인과는 반대로 헤엄쳐 갔다.

"…역시나. 제법 괜찮은 동료들이지. 암, 그렇고말고."

그는 혼잣말을 중얼거리며 양손으로 권총을 뽑아 바다 저 너머를 향해 발포했다. 타아앙! 바닷속에서라면 절대로 들릴 리 없는 총성이 해저를 뒤흔들었다. 그리고 몇 초 뒤 노인은 멀리서 헤엄쳐 오는 거대한 존재를 두 눈으로 확인할 수 있었다. 곧 시스템 창이 뜨며 상대에 대한 정보를 알려 주었다.

[돌핀피시 :: C급 :: LV. 82 :: HP. 82/100]

짧은 문구를 확인한 노인은 재차 상대를 확인했다. 방금 쏜 총이 명중했는지, 몬스터는 새빨간 피를 흩뿌리며 아가리를 쩍 벌린 채였다. 몬스터가 가까이 접근해 오자 노인은 총을 갈무리하고 대신 칼을 뽑았다.

"만새기로군."

노인이 붙인 별명과는 달리, 몬스터는 만새기라 불리는 물고기와 딱히 닮은 것 같진 않았다. 아니, 사실 세상의 어느 물고기와도 달랐다. 다 자란 돌고래의 몸통에 아귀의 주둥이를 붙여 놓고 지느러미에 칼날을 단다면 비슷한 모습이 될지도 몰랐다. 몬스터가 울부짖으며 노인을 향해 유선형의 몸을 날렸다. 아무래도 그의 머리를 물어뜯고 싶은 모양이었다. 노인은 능숙하게 몸을 비틀어 피해 내고는 그것의 옆구리에 잭나이프를 박아 넣었다. 푸욱! 칼날이 꽂히는 감각과 함께 검붉은 피가 물속에서 퍼져 나갔다.

"내 머리통을 꿀꺽 삼키고 싶은 모양이지?"

노인이 칼날을 비틀어 몬스터의 몸통을 커다랗게 베어 냈다. 비명을 지르듯 아가리를 커다랗게 벌린 몬스터는 몇 번 몸부림치다 이내 새하얀 빛에 휩싸였다. 다음 순간, 몬스터는 팡, 하는 작은 폭발음과 함께 빛의 입자가 되어 사라졌다. 노인은 몬스터가 있던 자리에 놓여 있는 포션 병 몇 개를 주워 들었다. 스피드를 올려 주는 버프 포션과 중급 회복 포션 두 개였다.

"이거 오늘은 운이 좋을지도 모르겠는데."

획득한 아이템을 인벤토리에 집어넣은 노인은 다시 걸음을 옮겼다. 새하얀 해파리들이 느긋하게 노인의 곁을 지나갔다. 그리고 그중 한 마리를, 적어도 50년은 묵은 것처럼 보이는 거대한 거북이가 잡아먹었다. 노인은 그 광경을 구경하면서도 곤두세운 감각을 유지했다. 바닷속에서 은근한 무게감이 느껴졌다. 아무래도 공기가 스산했다. 그는 자문했다.

"이 영감쟁이야, 운이 좋다고 말할 수 있나?"

몬스터가 나타났다는 건 좋은 징조였다. 헌터들이 이 던전에 돌아올 테니까. 하지만 지금 이 감각은 노인에게 즐거움만을 선사하지는 않았다. 마주친 것은 돌핀피시 한 마리뿐이었지만, 아까부터 느껴지는 존재감은 한두 마리가 아니었다.

그리고 다음 순간, 노인은 다시 무언가가 엄습해 오는 기척을 느꼈다. 반사적으로 잭나이프를 빼 든 노인은 몸을 확 숙이고 뒤로 물러섰다. 어느새 소리 없이 다가온 또 다른 돌핀피시가 이를 드러내며 으르렁거렸다. 노인이 중얼거렸다.

"흥분한 모양이군. 이런 일은 잘 없는데."

돌핀피시는 먼저 사람에게 달려드는 몬스터가 아니었다. 사나운 이빨상어 같은 놈도 아니고. 헌터와 마주치더라도 덤비기보다는 도망치는 쪽을 선택하며, 헌터가 먼저 공격하지 않는 이상은 물고기를 잡아먹는 데에 집중하는 녀석이었다. 하지만 오늘은 영 평소와 달랐다.

노인은 오래 생각을 이어 갈 틈이 없었다. 돌핀피시가 다시 칼날 같은 지느러미로 물결을 가르며 쇄도해 왔다. 노인은 피하는 대신 잭나이프를 들어 공격을 막아 냈다.

콰아앙! 덩치 큰 돌핀피시와 정면으로 충돌한 탓

살라오의 근성

에, 노인의 어깨와 팔에 묵직한 무게감이 실렸다. 하지만 노인은 눈살 한번 찌푸리는 일 없이 그대로 지느러미를 베어 버렸다. 서걱! 몬스터의 몸에서 떨어져 나간 지느러미가 빛으로 흩어져 바닷물에 녹아들었다. 지느러미를 잃은 몬스터는 앞으로 돌진하던 제 속도를 이기지 못하고 모래밭으로 나동그라지고 말았다. 노인은 그 틈을 놓치지 않고 바닥을 강하게 박차며 이제 막 몸을 추스른 몬스터에게 달려들었다. 서걱! 잭나이프가 다시 한번 반짝이며 몬스터의 몸통을 양단했다.

"…정말 이상한 일이군."

노인은 몇 차례 꿈틀대다 빛의 입자로 흩어지는 몬스터를 바라보며 무기를 갈무리했다. 몬스터가 사라진 자리에는 아이템이 몇 개 남겨져 있었다. 체력 보강 포션과 회복 포션, 그리고 스피드 버프 포션이었다. 그것들을 인벤토리에 넣고 그는 다시 걷기 시작했다.

돌아가서 다른 헌터들을 데리고 오는 것 역시 괜찮은 방법이라는 생각이 문득 머릿속을 스쳤지만, 그는 얼마 지나지 않아 포기했다. 어차피 지금쯤 모두 다른 던전에 들어가 있을 게 뻔했으니까. 최대한 상황을 확인한 뒤에 젊은 헌터들을 설득해 파티를 꾸려 오는 편이 나을 터였다.

그런 생각을 하는 사이, 주변은 어느새 늦은 저녁

하늘 같은 어둠에 녹아 있었다. 그럼에도 아직까지 햇살의 은근한 은총이 그의 앞을 밝혀 주었다. 물고기들과 함께 노니는 D급 몬스터 몇 마리를 지나친 노인은 해저 도시의 원형 신전이 위치한 곳까지 다다랐다.

달팽이 껍질의 회오리 문양 형태로 바닥에 가지런히 깔린 돌들이 신전의 내부와 밖을 구분했다. 원형 신전을 지키는 12개의 기둥은 꼿꼿이 선 채 위용을 자랑했다. 그 위로 보이는 느긋하게 헤엄치는 물고기들과 해파리, 그리고 손을 흔드는 해초는 마치 이곳에 모셔진 알 수 없는 신을 모시는 신도들처럼 보였다.

깊은 심해임에도 신전의 가장 가운데에는 유난히 햇빛이 잘 드는 것처럼 보였다. 한 차례 수면에 걸러져 더욱 순수해진 햇살이 마치 융단처럼 미끄러져 신전을 비추었고, 그 위로 빛을 받아 일렁이는 잔물결의 모습은 언제 보아도 경건한 마음이 들게 했다. 그 고요함이란, 신비로움이란. 신이 떠나간 자리야말로 진정 신이 존재했었다는 증거일지도 모른다고, 노인은 신전을 볼 때마다 생각했다.

잠깐 감상에 잠기기는 했지만, 노인은 이번에는 그냥 신전을 지나치려고 했다. 하지만 움직임을 멈추고 다시 고개를 들었다. 시선이 향한 곳은 신전의 위였다. 신이 내린 축복인 듯, 흔들리며 은근하게 뻗어 나온 햇살이 자리한 어디쯤. 거대한 시스템 창이 둥실 떠올라 있었다. 순간 짧은 탄성이 그의 입에서 터져 나왔다.

"이런."

그게 뭘 뜻하는지, 노인은 지나칠 정도로 잘 알았다. 시스템 창이 표시하는 건 바로 카운트다운이었다. 노인이 보았을 때 14:02:33이었던 숫자가 금세 14:01:02에서 13:59:42로 바뀌었다. 그건 던전의 보스 몬스터가 소환되었다는 의미였다. 소환이 시행된 자리는 바로 이 신전이었다. 그리고 저 카운트다운은 던전 브레이크까지 남은 시간을 뜻했다.

시간 안에 보스 몬스터를 처치하지 못하면 헌터들은 그 자리에서 목숨을 잃게 된다. 시스템의 규칙에 의해 제거되는 것이다. 그리고 감당할 수 없을 정도로 증식한 몬스터들은 곧 던전 밖으로 뛰쳐나가 민간인을 학살할 터였다.

시스템의 규칙상, 보스급 몬스터의 토벌이 개시되면 던전 밖으로 나가는 문은 잠겨 버린다. 파티가 전멸하거나 보스 몬스터가 토벌될 때까지 던전 내부에서 밖으로 나가는 것도, 던전 밖에서 내부를 지원하기 위해 들어오는 것도 불가능했다.

"만새기들이 잔뜩 흥분한 이유를 이제야 알겠군."

돌핀피시들은 보스 몬스터의 기척을 느끼고서 날

뛴 거였다. 노인은 숨을 죽이고 서서히 감각을 예민하게 끌어올렸다. 그의 양손은 어느새 권총집에서 대기하던 두 개의 총을 꺼내 방아쇠에 손가락을 걸고 있었다. 한 호흡 뒤, 노인은 기척을 느꼈다. 그는 반사적으로 기둥을 향해 총을 쏘았다. 타앙! 퓩. 요란한 총성 뒤에 탄알이 무언가의 살을 찢는 소리가 들려왔다. 그리고 노인의 눈앞에 시스템 창이 다시 나타났다.

[??? :: SSS급 :: LV. 150 :: HP. 995/1000]

개체명이 숨겨져 있다는 건, 노인이 한 번도 마주치지 못한 몬스터라는 뜻이었다. 게다가 SSS급이라니. 노인은 자기도 모르게 감탄사를 흘리고 말았다.

"이거… 아무래도 내가 엄청난 월척을 발견한 것 같구나, 마놀린."

그때, 쿠르릉, 우르르릉. 해저가 거세게 흔들리기 시작했다. 강한 진동에 휘청거리던 노인은 가까스로 기둥에 기대어 중심을 잡았다. 수면을 지나 내려온 햇빛이 점점 거대한 그림자에 잡아먹히기 시작했다. 지면의 흔들림은 멎을 기미가 보이지 않았다. 낡은 기둥에서 떨어진 파편이 하나둘 천천히 바닥으로 가라앉았다.

놀란 물고기들이 사방팔방 도망쳤다. 한참 뒤 노

인의 머리 위에도 그림자가 드리우며 세상이 완전히 밤에 잠겼다는 착각이 들 무렵에야 진동이 멎었다. 노인은 그제야 기둥 바깥으로 고개를 내밀어 적을 확인했다.

번들거리는 눈알 하나가 노인의 머리통 크기와 비슷해 보였다. 전사의 창처럼 길게 뻗은 주둥이는 노인이 아는 그 무엇보다도 날카로워 보였다. 등과 옆구리에 붙은 지느러미는 예리하게 벼려진 얼음칼 같았으며, 몸통 크기는 SSS급에 걸맞게 적어도 20m는 되어 보였다.

"훌륭한 청새치로군."

몬스터의 모습을 확인한 노인이 저도 모르게 읊조렸다. 틀림없었다. 저놈이 던전의 보스 몬스터였다. 그가 오늘 던전에 들어오지 않았더라면 저놈은 텅 빈 던전에서 다른 몬스터들을 죄다 잡아먹은 뒤 던전 브레이크를 일으켰을 것이다.

"타이밍이 좋았구나. 이 늙은이는 언제나 운도 참 좋지."

노인이 던전에 발을 들이는 순간 저 보스급 몬스터도 소환된 것일 터였다. 보스급 몬스터가 소환되는 시기는 언제나 랜덤이었다.

거대한 몬스터는 으적으적 돌핀피시를 씹어 먹는 데 여념이 없었다. 아까의 진동은 청새치가 돌핀피시를 사냥하느라 지면에 턱주가리를 처박으며 생긴 모양이었다. 노인은 방금 쏜 총알이 몬스터의 등지느러미 부근에 파고든 걸 보았다. 상처에서 스멀스멀 피어오른 피가 바닷물에 흩어져 붉은 잔상을 남겼다. 노인은 다시 한번 몬스터의 상태 창을 확인했다.

[티뷰론 :: SSS급 :: LV. 150 :: HP. 987/1000]

몸통에 박힌 총알 때문에 조금씩 놈의 HP가 소모되고 있었다. 하지만 놈이 식사를 마치자 HP가 다시 원래대로 돌아왔다. 돌핀피시 하나를 통째로 먹어 치운 놈은 숨죽인 헌터를 찾기 위해 커다란 눈을 뒤룩뒤룩 굴리며 천천히 거대한 몸을 움직였다.

티뷰론은 스페인 말로 상어라는 뜻이었다. 하지만 녀석은 상어보다는 청새치와 더 닮아 보였다. 저 티뷰론이라는 놈이 생긴 대로 청새치와 비슷한 습성을 지녔다면, 분명 육중한 몸뚱이를 하고도 상상도 못 할 속도를 낼 것이 분명했다. 그리고 저 주둥이 역시 노련한 헌터의 검보다 더했으면 더했지, 결코 덜하지는 않은 위력을 뽐낼 테고.

무기를 쥔 노인의 손에 힘이 들어갔다. 자연의 힘에서 벗어난 저 기이한 강인함이란. 드넓은 바다를 한 몸에 담은 채, 깊은 바다에서 살아가는 모든 광폭함을 모아 담은 모습이라니.

살라오의 근성

그래, 인간은 저런 것들에 지배당하기를 거부했다. 저런 괴물들에게 스러지는 것보다 무기를 들고 일어서는 것을 선택했고, 인류의 그런 의지를 받아 힘을 얻은 것이 바로 헌터였다. 헌터라는 이름을 단 이상, 노인은 절대로 쓰러져선 안 될 의무가 있었다.

저것은 아름답다. 그리고 다 늙은 몸으로 저것과 정면으로 승부할 수 있다는 것은, 분명 다른 사람들은 꿈도 꾸지 못할 행운일 터였다. 노인은 생각했다. 이제 어쩌면 좋을까. 이 자리에서 저 거대한 녀석과 멋진 승부를 내려면, 나는 어떻게 움직이면 좋지?

노인은 다시 총을 다잡았다. 그리고 이내 기둥 밖으로 뛰쳐나갔다. 거의 동시에 그의 존재를 알아차린 청새치도 기다란 주둥이를 노인을 향해 돌렸다. 노인은 한 치의 망설임도 없이 몸을 날리며 청새치를 향해 총을 갈겼다. 탕, 탕, 타앙! 빗나가는 법 하나 없이 거대한 몸통에 탄알이 박혀 들었다. 통증에 몸을 비튼 청새치가 노인을 향해 빠른 속도로 돌진했다. 노인은 인벤토리를 열어 다른 장비를 소환해 냈다.

그의 손에 새하얀 잔상이 맺히더니 긴 검이 쥐어 졌다. 노인은 곧장 검을 치켜들고 청새치가 칼처럼 휘두르는 긴 주둥이를 막아 냈다. 쿠우우웅. 두 개체 가 충돌하며 낸 먹먹한 진동이 바다를 울렸다.

한동안 힘겨루기가 이어졌다. 두 금속이 서로를

잡아먹을 듯 으르렁대는 소리를 냈다. 먼저 조금 뒤로 밀려난 쪽은 당연히 노인이었다. 하지만 노인은 일부러 힘을 뺀 거였다. 그대로 노인의 몸통을 베어버리려고 주둥이를 크게 휘두른 청새치의 공격은 허공을 가르고 말았다. 노인은 몸을 확 숙이며 간단히 공격을 피했다. 그리고 훤히 드러난 청새치의 옆구리를 향해 검을 크게 휘둘렀다. 몬스터의 살갗이 갈라지며 검붉은 피가 바다에 흩뿌려졌다. 하지만 그 순간 몸을 뒤튼 청새치의 꼬리지느러미가 노인을 후려쳤다.

"…!"

노인은 그대로 날아가 기둥에 처박혔다. 쿠우웅! 모래가 자욱하게 피어오르며 노인의 눈앞에 재차 상태 창이 나타났다. 전신을 훑는 충격에 간신히 고개를 든 노인이 눈앞에 뜬 수치를 확인했다.

[산티아고 :: A급 :: LV. 141 :: HP. 350/400]

고작 일격에 HP를 이렇게나 잃다니. 노인은 검을 다잡고 다시 청새치를 향해 똑바로 몸을 일으켰다.

"서로 한 방씩 먹었구나."

크게 말해 보았지만, 당연히 대답이 돌아올 일은 없었다.

그는 한 손으로 쥔 검을 아래로 늘어뜨렸다. 그리

살라오의 근성

고 다른 한 손에는 잭나이프를 쥐고 버프 스킬을 발동시켰다. 근력 스테이터스 일시 보강 스킬, '소년의 축복'이었다. 새파란 기운이 노인의 몸을 한 차례 휘감자 굵은 팔뚝에 힘줄이 곤두섰다. 노인은 물의 흐름에 몸을 맡기듯 그대로 사냥감에게 달려들었다.

청새치 역시 걸어오는 대결을 피하지 않았다. 긴 주둥이를 무기 삼아 휘둘러 오는 놈의 공격을 노인은 요령 좋게 검으로 받아 옆으로 흘렸다. 방향을 잃고 미끄러진 청새치의 아가미 근처에 노인의 잭나이프가 푹, 박혔다. 그는 잭나이프를 손잡이 삼아 청새치의 거대한 몸 위에 올라탔다. 청새치는 날뛰기 시작했다. 하지만 노인은 허벅지로 단단히 청새치의 목을 붙잡은 채, 이번에는 검으로 청새치의 등을 깊이 쑤셨다. 하지만 청새치가 몸통을 세차게 흔드는 힘을 이기지 못하고 다시 바닥에 나동그라졌다.

이번에도 눈앞이 새하얘질 정도의 충격이 전신을 타격했지만, 노인은 정신을 차리고 몸을 굴려 청새치와 거리를 벌린 채 몸을 일으켰다. 모래가 입에 들어가 목이 까끌까끌했다. 침을 한번 뱉은 그는 제 손을 확인하고는 조금 실망했다. 검이 뚝 부러져 있었다. 부러진 검날은 아직도 청새치의 몸에 박혀 있었다. 노인은 자루만 남은 검을 버렸다. 그의 손을 떠난 검은 곧장 빛의 입자가 되어 소멸했다. 청새치의 등에 박혀 있던 것 역시 깊은 상처만을 남긴 채 자취를 감춰 버렸다.

"이런. 꽤 좋은 검이었는데."

타이틀도 붙어 있지 않은 B급 장비였지만 애정을 가지고 관리하던 무기였다. 그래도 노인은 아까워하지 않기로 했다. 녀석이 구해 준 목숨만 몇 번인가. 마지막까지 제 소임을 다했으니 그 최후 역시 분명 떳떳했다. 그리고 자신 역시 헌터로서 떳떳하게 저 괴물을 상대해야만 했다.

부러진 검 대신, 노인은 새로운 잭나이프를 하나 더 소환해 꽉 쥐었다. 그와 동시에 몸을 추스른 청새치가 다시 돌진해 왔다. 노인은 급히 몸을 굴려 자리를 피했다. 서걱! 청새치의 기다란 주둥이가 방금까지 몸을 숨기고 있던 신전의 기둥 하나를 깨끗하게 베어 냈다. 지지대를 잃은 기둥이 천천히 미끄러져 바닥에 쓰러지자, 졸지에 거처를 잃은 게며 작은 문어 같은 것들이 혼비백산해 도망쳤다.

청새치는 노인을 향해 돌아서더니 재차 달려들었다. 노인은 잭나이프 두 개를 가슴 앞에 교차시켜 공격을 막아 냈다. 방어 스킬이 자동으로 발동되며 노인의 앞에 반투명한 방패가 나타났다.

콰아아앙! 강한 타격음과 함께 제 공격이 가로막히자 청새치는 당황한 듯 보였다. 스킬을 해제한 노인은 주춤하는 몬스터에게 달려들었다. 몬스터는 몸을 비틀어 역시 방어막을 만들어 냈다. 노인은 잭나이프를 거꾸로 쥐고 격검 스킬을 발동시켰다. 칼날이 스치고 지나간 자리에 빛이 번뜩이더니, 청새치의 방패에 마치 사자에게 물어뜯긴 것 같은 자국이 선명히 남았다. 이내 방어막은 스르륵, 소멸해 버렸다. 잭나이프 두 자루가 함께할 때에야 비로소 그 가치가 발휘되는 '아프리카 사자의 송곳니'의 고유스킬, '사랑받은 사자의 보은'이었다.

노인은 반대쪽 잭나이프로 청새치의 머리를 내리쳤다. 피가 치솟으며 청새치가 몸을 비틀었다. 입을 쩍 벌린 괴물에게서 비명 비슷한 것이 터져 나왔다.

"끼에에엑!"

마지막 발악이라고 생각했지만, 노인은 그게 아니라는 사실을 곧 깨달았다. 파장이 되어 돌아온 소리가 노인의 귀를 사납게 파고들며 뇌를 뒤흔든 것이다. 노인은 귀를 틀어막고 청새치에게서 멀어지려고 했다. 그 순간, 청새치의 주둥이 끝이 노인의 허벅지를 크게 베었다. 노인은 하마터면 주저앉을 뻔했지만, 그대로 몸을 움직여 근처의 바위 뒤로 피했다. 통증을 무시하며 노인은 상태 창을 열었다.

[산티아고 :: A급 :: LV. 141 :: HP. 102/400]

보급용 포션으로 수습될 상처가 아니었다. 그는

인벤토리에서 아까 돌핀피시에게 얻은 회복 포션을 꺼내 들이켰다. HP가 300까지 회복되고 허벅지의 커다란 상처도 사라졌다.

"역시 쉬운 상대가 아니야."

잠깐 한숨을 돌리는데, 이쪽을 향해 쇄도하는 살벌한 기척이 느껴졌다. 노인이 바닥으로 몸을 굴리는 순간, 방금까지 몸을 기대고 있던 바위가 산산조각 났다. 청새치가 진짜 박살 내고 싶었던 건 노인이었지만, 아쉽게도 그 자리에 산티아고의 시체는 없었다. 노인은 조금 떨어진 곳에서 몬스터에게 두 개의 권총을 겨누고 있었다.

"늙은이는 나이가 들수록 꾀가 늘어나는 법이란다."

노인이 입에 문 스피드 버프 포션을 한꺼번에 들이켜자 새하얀 빛이 터져 나오더니 왜소한 그의 몸을 한 바퀴 휘감았다. 스킬이 아닌 포션으로 발동되는 버프는 효과가 길지 않았다. 하지만 노인에게는 그 한순간이면 충분했다.

노인의 쌍권총 '한 쌍의 제비갈매기'의 방아쇠가 당겨짐과 동시에 '연약한 바닷새의 사냥' 스킬이 시전되었다. 목표물에 정확히 날아든 탄알은 마치 목표물을 발견한 바닷새처럼 날래게 회전하며 청새치의 양쪽 눈알을 동시에 꿰뚫었다. 순식간에 시야가 차단된 몬스터가 몸을 비틀며 악을 썼다.

살라오의 근성

"에에에에엑! 케에에에엑!"

또다시 뿜어져 나온 고주파에 노인의 코에서 피가 터졌다. 고막을 찢을 듯한 비명이 해저를 뒤흔드는 와중에도 노인은 묵묵히 버텼다. 그는 등에 메고 있던 작살을 내려 손에 잡았다. 청새치가 비명을 지르며 마구 몸부림치자 거대한 몸뚱이에서 검붉은 피가 쏟아졌다. 노인의 입가에서도 피가 흘렀지만, 그는 동요하지 않았다. 짙푸른 눈동자로 사냥감을 차분히 훑어볼 뿐이었다. 작살의 끝이 향할 곳은 이미 정해져 있었다.

노인의 작살이 푸른 광을 내며 번뜩였다. 그리고 확신이 든 순간, 노인은 작살을 발사했다. 물살을 순식간에 가른 작살이 청새치의 쩍 벌린 아가리 사이에 콰득 박혔다. 작살이 청새치의 몸 깊숙이 파고들었을 때 '살라오의 근성'의 고유 스킬인 '살라오의 근성'이 발동되며 작살 끝과 청새치의 입천장을 단단히 얽어맸다. 둘 중 하나가 목숨이 끊어지기 전까지 결코 먹잇감을 놓아주지 않는 스킬이었다.

티뷰론이 내지르는 소리가 더욱 커졌다. 노인의 코와 입은 피범벅이었고, 이제는 귀에서마저 피가 흘러나오고 있었다. 이곳저곳에서 피를 쏟아 내는 건 청새치 역시 마찬가지였다. 노인은 기둥을 지지대 삼아 자신의 발을 단단히 고정했다. 노인의 HP도, 청새치의 HP도 빠른 속도로 줄어들고 있었다.

"네가 이기나, 내가 이기나 한번 해 보자."

84일 동안이나 숨죽였다가 이제야 소환된 걸 보면 저놈도 나름대로 나타난 까닭이 있을 것이다. 노인에게 헌터로서의 숙명이 있는 것과 마찬가지로. 그러니 몬스터의 목숨을 빼앗기 위해서는 자신의 목숨 역시 판돈으로 내어놓는 것이 공평했다. 눈앞의 적은 노인의 헌터 인생 전부를 걸기에 충분한 상대였다.

노인은 양손으로 단단히 작살을 잡은 채 팽팽해진 밧줄을 끌어당기며 한 번 더 근력 스테이터스 보정 버프 스킬을 시전했다. 던전 브레이크까지 앞으로 9시간. 이제 남은 것은 힘겨루기뿐이었다.

*

치열한 승부가 일단락된 것은 수 시간이 흐른 뒤였다. 밧줄을 붙잡고 버티던 노인의 손이 살갗이 터지다 못해 피투성이가 되고, 청새치의 주둥이가 거의 통째로 찢어지기 직전이었다. 노인은 가지고 있던 포션을 모조리 소모했으며, 버프 스킬도 더는 사용하지 못할 정도로 지쳐 있었다. 드디어 숨이 끊어져 육중한 몸을 바닥에 누인 청새치를 멀뚱멀뚱 바라보던 노인은 그제야 숨을 몰아쉬며 바닥에 주저앉았다. 생명이 위험하다는 것을 알리는 붉은 경고창을 꺼 버리곤 다시금 상태 창을 확인했다.

살라오의 근성

[산티아고 :: A급 :: LV. 141 :: HP. 2/400]

[티뷰론 :: SSS급 :: LV. 150 :: HP. 0/1000]

노인은 천천히 호흡을 고른 뒤 비척비척 몸을 일으켰다. 일렁이는 바닷물 사이에서 시간을 표시하던 카운트다운이 고작 4분을 남긴 채 멈춰 있었다. 남은 포션은 없었다. 노인은 인벤토리에서 뜨거운 물을 꺼내 목을 축였다. 비릿한 맛이 몸 전체에서 느껴졌다.

그사이, 청새치의 거대한 몸뚱이는 시스템의 법칙대로 새하얀 빛에 휩싸이기 시작했다. 마치 새로운 태양이 바다에 뚝 떨어진 것 같았다. 눈이 부셔서 노인은 무심코 눈을 가렸다. 잠시 후, 펑! 하는 가벼운 폭음과 함께 청새치의 신체가 산산조각 나 흩어졌다. 그리고 거대한 몸뚱이가 누워 있던 곳에는 아이템들이 모습을 드러냈다.

노인은 입가의 피를 손으로 훔치고 찢어지고 터진 손바닥을 바지에 슥슥 문질러 닦아 냈다. 그리고 흔들림 없는 걸음으로 아이템들을 확인하곤 잠시 할 말을 잃었다. SSS급 몬스터답게 남기고 간 아이템이 셀 수 없이 많았다. 하지만 티뷰론의 몸집만큼 쌓인 그것들은 하급의 회복 포션 수천 개였다. 매끄러운 병 수천 개의 표면에 햇빛이 미끄러지며 은근한 빛을 뿜어냈다.

하급 포션은 정부에서 무료로 보급해 주는 물건이었고···. 즉, 개인이 돈을 받고 판매하는 건 불가능했다. 노인은 던전의 관리자로서 이곳에서 생산되는 하급 포션들을 정부에 상납하거나 근처 상인 길드에 무료로 공급할 의무가 있었다. 멍하니 동그란 포션 병들만 바라보던 노인은 곧 그 틈에서 반짝이는 무언가를 발견했다. 주워 들어 자세히 보니 어른의 엄지손톱만 한 비늘이었다. 노인이 시스템 창을 불러오자 곧 아이템의 이름이 나타났다.

[티뷰론의 비늘 :: 가공 전]

　　비늘은 달빛을 뚝 떼어 만든 것처럼 새하얗게 반짝였다. 노인은 비늘을 주머니에 집어넣고 산더미처럼 쌓인 하급 포션 쪽으로 고개를 돌렸다. 노인은 포션 하나를 열어 입에 털어 넣었다. HP의 숫자가 조금 올라 10으로 변했다. 하지만 여기 쌓여 있는 포션 몇백 개를 먹어 치운다 하더라도, 지금의 피로감을 달래기는 어려울 것 같았다.

　　한동안 못 박힌 듯 서 있던 노인은 포션들을 모조리 인벤토리에 넣었다. 두 존재의 치열한 싸움으로 신전은 이곳저곳이 파이고 무너져 있었다. 무너진 기둥과 볼썽사나운 구덩이가 널린 주변은 신전보다는 폭풍이 몰아친 후의 폐허처럼 보였다.

살라오의 근성

하지만 내일이면 원래 상태로 되돌아올 것이었다. 거대한 괴물과 산티아고 노인의 항쟁이 없었던 일인 것처럼.

노인은 신성한 빛이 드는 신전을 등지고 터덜터덜 걸음을 옮겼다.

"이 늙은이야. 실망했니?"

던전을 절반쯤 빠져나갔을 때, 노인은 자신에게 그리 물었다. 놈을 해치웠다. SSS급 몬스터를 단신으로 상대해 끝내 처치했다. 하지만 얻어 낸 것은 전혀 없는 것과 마찬가지였다. 하급 회복 포션은 노인 같은 A급 헌터에겐 무의미한 아이템이었으니까. 딱하나 얻은 것이 놈의 유골과도 같은 아이템, '티뷰론의 비늘'이었다.

하지만 그는 고개를 내저었다. 너는 늙은이치고는 참 잘 해냈어. 던전 브레이크를 막아 냈고, 또… 그래, 마놀린에게 괜찮은 이야깃거리를 줄 수도 있게 되었잖아. 하급 헌터들은 저 포션으로 목숨을 구할 수 있을지도 몰라. 노인은 다시 한번 중얼거렸다.

"못난 영감쟁이 같으니. 너는 그냥 지쳤을 뿐이야."

돌아오는 길에 노인은 몇몇 몬스터들을 더 마주쳤다. 하지만 상대할 기력이 남지 않아, 놈들을 그냥 보내 주고서 곧장 던전 출구로 향했다.

한동안 멍하니 서 있던 노인은 상처투성이가 된

손으로 천천히 문을 밀었다. 문이 아무런 저항 없이 열리고, 바깥의 빛이 눈을 찔렀다. 동시에 누군가의 새된 비명 소리가 들려왔다.

"나, 나왔다! 관리자 영감이 나왔어!"

눈이 빛에 차차 익숙해진 뒤, 노인은 게이트에 몰린 숱한 인파를 발견했다. 헌터들은 당장이라도 전투에 나설 수 있도록 단단히 무장한 채였고, 의료인 그리고 낯익은 포터 청년들도 있었다.

"괜찮소? 어떻게 무사히 나온 거요?"
"안에서 도대체 무슨 일이 있었소?"

그들이 급하게 노인에게 다가서며 질문을 쏟아 내기 시작했다. 노인은 짧은 순간 이게 어떻게 된 일인지 파악해 냈다. 마놀린이 그를 만나러 왔다가 던전의 입구가 잠겼다는 걸 발견했겠지. 노인이 혼자 들어간 사이 보스 몬스터가 출현했다는 걸 짐작해 내곤 곧장 사람들을 불러 모았고, 사람들은 문이 열리기만을 기다리며 던전 브레이크를 대비하고 있었던 것이리라.

"영감. 혼자 보스 몬스터를 해치운 거요? 뭐가 나타났는데?"
"마놀린이 엉엉 울면서 테라스에 뛰어들기에, 정말 큰일이 난 줄 알았다고. 무사해서 다행이오, 영감."
"하하. 그렇네만. 조금 쉬고 싶군."

살라오의 근성

옆으로 성큼 다가온 덩치 큰 헌터를 기분 나쁘지 않게 밀치며, 노인은 터덜터덜 게이트 밖으로 나갔다. 선선한 바깥 공기를 느낄 틈도 없이, 노인은 인벤토리를 열어 수천 개의 하급 포션을 던전 입구에 쏟아 놓았다. 노인을 따라 우르르 밖으로 나온 헌터들은 그 광경에 입을 쩍 벌렸다. 노인이 내어놓은 포션은 개수를 셀 엄두도 나지 않을 정도로 많았다. 노인은 사람들을 향해 말했다.

"필요한 자들은 가져가시게. 남은 것은 내일 상인 길드에 보낼 테니."

노인은 비척비척 다시 걸음을 옮겼다. 그의 작은 집을 향해서였다. 노인은 손가락 하나 까닥할 힘도 없이 지쳐 있었다. 한 청년이 급하게 노인을 부축하려 했지만, 그는 정중하게 거절했다. 뒤에서는 포션들을 챙기며 왁자지껄 떠드는 사람들의 목소리가 들려왔다.

"할아버지!"

사람들을 비집고 나온 마놀린이 노인의 곁으로 달려갔다. 노인은 상처투성이가 된 얼굴로 그에게 인자한 미소를 지어 주었다.

"그래, 마놀린. 걱정한 모양이구나."
"할아버지…."
"마놀린, 그래도 나는 이겼단다."

거친 손바닥이 마놀린의 뺨을 쓸어내렸다. 그렇게 말하는 노인의 눈동자가 초점을 잃은 것처럼 탁해졌다.

"나는 그놈에게 이겼어."

황홀경에 취한 듯 중얼거리는 노인은 금방이라도 의식을 잃고 쓰러질 것 같았다. 마놀린은 덜컥 겁이 나 큰 소리로 그를 불렀다.

"할아버지!"
"왜, 믿기지 않느냐?"

하지만 노인은 이내 평소와 같이 킥킥 장난스럽게 웃음을 터뜨렸다. 마놀린은 정말 울음을 터뜨릴 것 같은 얼굴이었다. 벌겋게 부은 눈가를 북북 문질러 닦으며 청년이 크게 고개를 끄덕였다.

"믿고요, 믿고말고요! 할아버지가 이기셨어요. 분명히 엄청난 놈이었겠죠? 다들 난리예요. 아까 포션 시스템 정보를 확인했어요. 혼자 SSS급 몬스터를 상대하시다뇨. 할아버지는 정말 최고의 헌터예요."
"아니야. 나보다 훌륭한 헌터들은 많지. 혹시 많이 걱정했니?"
"네. 모두 할아버지를 걱정했어요. 저도 그렇고요."
"그랬구나. 이거 미안해서 어쩌지."
"할아버지, 저한테 기대세요."

살라오의 근성

마놀린이 노인의 한쪽 어깨를 붙잡아 부축했다. 노인 역시 그의 자상한 손길을 거절하지 않았다.

절뚝절뚝 걸음을 옮기며 노인이 천천히 한숨을 쉬었다.

"애야. 아침이 되면 저 포션들을 네 길드로 옮겨 주지 않겠니? 사람들이 마음껏 가져가도 아마 제법 많이 남을 거야."

"네. 그렇게 할게요. 그리고 할아버지한테 상급 포션을 가져다드릴게요. 지금 몸이 엉망이에요. 얼마나 고생하셨기에…."

"그러지 않아도 되는데."

"가져다드릴 거예요. 분명 저렇게 많은 하급 포션을 가져가면 길드에서도 상급 포션 몇 개쯤은 공짜로 내어 줄 거예요."

"그렇다고 길드장에게 억지 부리지는 말고…. 고맙다."

청년을 달래던 노인은 세상이 아직 어둡다는 사실을 깨달았다. 하늘에는 별이 총총 박혀 있었고, 구름 사이로는 얼핏 달도 보였다. 노인은 엉뚱하게도 휘영청 밝은 달을 보며 티뷰론의 커다랗고 번들거리는 눈동자를 떠올렸다.

"정말로 나는 운이 다한 걸지도 모르겠어."

두 번 다시 그런 아름다운 놈과 싸울 일이 있을까. 아마 남은 생에서는 불가능할 것이다.

"그런 말씀 마세요, 할아버지. 할아버지는 훌륭히 싸우셨어요. 도시를 멋지게 지켜 내셨다고요. 내일부터는 헌터들도 돌아올 거예요. 대형 몬스터가 나타났다는 소문도 퍼질 거예요. 던전 브레이크도 혼자 막아 내셨으니까, 분명 포상금도 나올 거라고요!"

"그래. 고맙다."

청년이 펄쩍 뛰며 고개를 내저었다. 아마 이 애는 지금 자신이 무슨 말을 하고 있는지 이해하지 못할 거라고, 노인은 생각했다. 단지 저렇게 말해 주는 마음 씀씀이가 고마울 뿐이었다. 노인은 작은 미소를 짓고는 문득 생각났다는 듯 주머니를 뒤졌다. 청년은 노인을 의아하게 지켜보았다. 노인은 너덜너덜해진 손으로 작은 아이템을 꺼내 청년에게 건네주었다. 바깥 공기에 노출된 작은 비늘이 달빛을 반사하며 은색으로 빛났다. 청년이 눈을 휘둥그레 떴다.

"할아버지, 이게 뭐예요?"

"'티뷰론의 비늘'이라는 아이템이란다. 너 가지렴. 네 장비에 박으면 제법 예쁘게 반짝거릴 거야. 나에게는 별로 쓸모가 없으니."

"하지만…."

마놀린의 표정이 단박에 흐려졌다. 하지만 노인은 뜻을 거둘 생각이 전혀 없었다. 청년은 고개를 끄덕이며 그것을 받아 들었다.

살라오의 근성

"소중히 간직할게요, 할아버지."

"그래. 그러렴."

노인의 상처투성이 손이 청년의 머리를 몇 차례 토닥여 주었다. 작은 길을 따라 두 사람의 발자국이 나란히 새겨졌다. 몸을 바짝 붙이고 걷는 청년의 온기를 느끼며, 노인은 다시 한번 숨을 내쉬었다. 그 순간 옆에서 훌쩍이는 소리가 들려왔다. 노인은 그 것을 모르는 척해 주었다.

그래, 분명 사람들은 거대한 괴물의 부산물들에 감탄할 것이다. 어쩌면 자신들 역시 그런 놈을 잡을 수 있을지 모른다며 던전으로 몰려들겠지. 하지만 지금 노인에게 그런 것은 전혀 중요하지 않았다. 허름한 집으로 돌아가서 스프링이 드러나기 직전의 침대에 몸을 누이고 그저 쉬고 싶었다.

먼지 냄새를 맡다가 설핏 잠이 들고 나면 곧 얼굴을 간지럽히는 해풍이 불어올 것이다. 천천히 노를 저어 수평선을 향해 미끄러지듯 배를 몰고 나가면 분명 하늘에서 헤엄치는 오채색의 날치 떼를 볼 수 있을 터이다. 그리고 예쁜 돌고래들이 노니는 모습을 즐겁게 구경하다 보면 어쩌면 거대하고 아름다웠던 그놈을 다시 만날 수 있을지도 모른다.

그러니 솜이 거의 다 꺼진 베개에 머리를 파묻고 얼굴에는 대강 신문을 덮은 채, 구멍 난 담요를 덮고서 잠깐 잠을 청해야지. 내일 새벽이 찾아올 때까지.

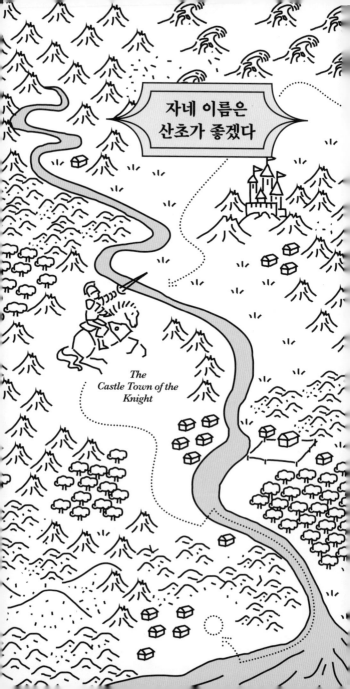

자네 이름은
산초가 좋겠다

The Castle Town of the Knight

아주 옛날 옛적. 어느 나라의 어느 고원지대에 나이 많은 하급 귀족이 살았다. 비쩍 마르고 허리를 꼿꼿하게 세운, 어디에나 있는 시골 귀족이었는데, 단하나 별난 점을 꼽자면 그 나이 든 귀족이 기사 소설에 푹 빠져 살았다는 것이다.

서재를 가득 메울 정도로 기사 소설을 수집한 것으로도 모자라, 그는 자신이 가진 논과 밭까지 팔아치우며 시중에 떠도는 기사 소설을 사들여 탐독했다. 그러다 결국 그 노신사는 자신이 기사가 되어 세상을 떠돌며 나쁜 자들을 물리쳐야 하는 사명을 타고났다고 굳게 믿어 버렸다. 만류하는 이들을 뿌리친 노신사는 스스로 기사가 되어 증조부가 물려준 낡아 빠진 투구와 창과 방패를 장비한 채 다 죽어가는 늙은 말을 애마로, 농부 한 명을 종자로 삼아 모험에 나섰다.

자네 이름은 산초가 좋겠다

하루아침에 정신을 놓아 버린 그는 그저 평화롭고 지루하기만 한 세상을 향해 뛰어들었다. 그곳에는 마력도 각성자도 스킬도 없었다. 존재하지도 않는 악적을 물리치겠다며, 우스꽝스러운 몰골로 온갖 기행을 펼치던 그는 가솔들에게 잡혀 들어와서야 현실을 깨닫고 절망한 가운데 병사했다.

그리고 그 모든 것을 기억해 낸 늙은 기사는, 자신이 모시던 영주가 처형되고 성이 불타던 날….

"으아악, 맞다!"

시커먼 연기가 피어오르는 푸른 하늘을 향해 이런 얼빠진 비명을 내질렀다.

*

"마력이 지배하던 시대는 끝났습니다! 이제부터는 각성자의 손으로 미래를 개척하는 겁니다!"

폐쇄된 왕궁 앞의 광장, 갑작스레 터져 나온 우레 같은 박수와 환호에 우체부 소년이 고개를 들었다. 단상 위에 올라선 남자가 셔츠까지 반쯤 풀어 헤친 채 열변을 토해 내고, 주변을 가득 메운 사람들이 함성을 터뜨리는 것이 보였다.

혁명 이후로는 제법 익숙한 광경이었다. 깡마른 제 몸보다 훨씬 큰 가죽 가방을 메고서 우뚝 멈춰

선 우체부 소년은 멍하니 그 모습을 보았다. 단상 위에 선 사람도 분명 각성자겠지. 틀림없이 언변이나 연설에 관한 스킬을 가진 사람일 것이다.

왕과 귀족, 그리고 극소수의 마력을 다룰 수 있는 마법사와 기사들이 지배하던 세상이 급변하기 시작한 계기가 바로 각성자들의 등장이었다.

어느 날 갑자기 나타난 '시스템'은 연령이나 성별, 신분에 상관없이, 모든 사람에게 각자의 능력치를 확인할 수 있는 시스템 창을 분배해 주었다. 그중 몇몇 이들은 자신의 특기와 재능에 맞는 특별한 능력, 즉 스킬을 얻었는데, 그들이 바로 각성자였다.

높은 등급의 각성자는 온갖 분야에서 엄청난 능력을 발휘했다. 전투, 건축, 요리, 심지어는 지금 사람들 앞에서 떠드는 저 남자처럼 사람을 현혹하는 언변 능력을 가지기도 했다. 갑작스러운 상황에 나라는 순식간에 혼란스러워졌다.

왕실을 비롯한 지배층은 특히나 당황할 수밖에 없었는데, 마력을 다룰 줄 아는 마법사와 기사들에게 스킬이 전혀 분배되지 않은 탓이었다.

각성자들 사이에 그 사실이 퍼진 건 순식간이었다. 억눌려 살다 힘을 가지게 된 평민 계층이 폭발한 것은 당연한 수순이었고, 기존의 사회 질서는 눈 깜짝할 새 무너졌다.

자네 이름은 산초가 좋겠다

마력을 다룰 수 있다는 이유로 절대적인 부와 권력을 거머쥐었던 마법사들, 그리고 마법사들을 후원하며 나라를 쥐고 흔들던 귀족들과 왕족들은 남자가 연설을 펼치고 있는 저 광장에서 처형당했다. 그 모든 광경을, 우체부 소년은 오늘처럼 배달 가는 길에 보았었다.

각성자라고 해서 모두 다 대단한 건 아니었다. 왕이 군림하던 때도, 그리고 지금도 우체부인 소년의 스킬명은 '목표에 도달하는 자'였다. 주소를 숙지하고 걸음을 옮기다 보면 반드시 목적지에 도달할 수 있는 B급 스킬이었다.

그 이외의 신체 능력은 평범한 사람에게도 조금 못 미치는 정도였다. 왕이 통치하건 힘 있는 A급 각성자들이 통치하건 우체부 소년은 우체부 소년일 수밖에 없다는 뜻이었다.

사실 소년만 그런 건 아니었다. 우후죽순 생기는 잘난 '각성자' 몇몇을 제외한 대부분의 처지는 크게 변하지 않았다. 언제나 그랬던 것처럼 약간의 혼란이 지나간 뒤에는 일상을 살아 내는 데에 급급할 뿐이었다.

연설하는 남자에게서 눈을 뗀 소년은 타박타박 걸음을 옮겼다. 더 늦장을 부렸다가는 국장에게 불벼락을 맞을 게 분명했다. 하지만 걸음을 재촉해 우체국에 복귀한 그를 기다리는 것은 불벼락보다 더

한 명령이었다.

"성 바깥으로 좀 다녀와라."

"…성 밖에 가라고요?"

멍청하게 눈을 끔뻑이던 소년이 그렇게 묻자, 뚱뚱한 국장은 무책임하게 고개를 끄덕이는 것으로 대답을 대신했다.

"그래. 귀한 손님이 비밀리에 맡긴 일이니까 혼자서 다녀와야 한다."

"예? 하지만 성 바깥에는 마물이…."

"네놈도 명색이 각성자인데, 그런 것쯤은 알아서 처리할 수 있잖아."

"제 스킬은 전투용이 아니라고요!"

"그래서, 뭐?"

울컥하는 마음에 항변했지만, 국장은 고개를 모로 비틀며 위협적으로 되물었다.

"그 알량한 스킬이라도 있으니 널 쓰는 거지, 아니었으면 너 따위 누가 고용이나 해 줄 것 같으냐? 단번에 길을 찾을 수 있는 스킬이 없었으면 이런 중요한 물건을 네놈에게 맡기지도 않았어!"

"하지만…."

"너는 말라비틀어져서 마물들도 덤벼들지 않을 거다. 그러니 불평불만 쏟아 내지 말고 당장 출발해!"

뭐라 더 대꾸하려는 소년에게 국장이 성난 황소

자네 이름은 산초가 좋겠다

처럼 버럭 고함을 쳤다. 결국 우체부 소년은 할 말을 잃어버리고 어깨를 축 늘어뜨릴 수밖에 없었다.

사실 자신이 마물에게 뜯겨 죽든 말든, 우체국 국장이 알 바는 아닐 것이다. 왜냐하면 그 빌어먹을 스킬, '목표에 도달하는 자'는 소년이 스킬을 거두지 않는 이상, 목표 장소에 도착할 때까지 절대로 해제되지 않기 때문이었다.

우체부 소년이 정말로 마물에게 잡아먹혀 뼈만 남는다고 해도 스킬은 여전히 발동된 채일 테고, 그건 곧 너절한 시체가 되는 한이 있더라도 소년의 몸뚱이는 착실히 소포를 목적지까지 배달해 줄 거란 뜻이었다.

어쩌면 국장에게는 그게 더 나은 일일지도 모른다고, 우체부 소년은 생각했다. 귀하신 분이 비밀리에 맡긴 배달. 분명 이건 각성자 연합이 얽힌 물건일 게 틀림없었다.

혁명 과정에서 각성자끼리도 파벌이 나뉘었는데, 국장은 그중 한곳의 열렬한 지지자였다. 아무 스킬도 얻지 못한 국장은 자신의 위치를 이용해 동경하는 그들을 돕는 것을 자랑스럽게 생각했고, 한편으로는 하잘것없는 스킬이라도 가진 소년을 질투하고 미워했다.

딱히 원해서 얻은 스킬도 아닌데 그것 때문에 미움을 받는다니. 소년은 처음에는 조금 억울했지만,

이제는 별로 신경 안 썼다. 우선 먹고살 일이 급급했기에. 이것이 무슨 장대한 임무를 띤 소포인지도 그다지 관심 없었다.

배달을 마치고 집으로 돌아가면 혁명 과정에서 실직자가 된 아버지와 어머니, 그리고 배를 곯는 동생들이 기다리고 있었다. 그들의 입에 풀칠 하나라도 해 주는 것이 소년의 현실이고, 또 숙명이었다.

성문 밖으로 나가는 길, 휴게소에 들러 마른 빵과 맛없는 음료를 삼키며 소년은 멍하니 하늘을 올려다보았다. 새파란 창공에 하얀 구름 몇 조각이 둥실둥실 떠다녔다. 방랑하는 처지는 구름과 소년의 비슷한 점이라 할 수 있겠으나, 흐름을 타고 자유롭게 흘러가는 구름은 정해진 곳을 향해 걸음을 옮기기만 하는 소년과는 퍽 다른 존재였다.

반나절이나 혹사당한 다리를 쉬며 멍하니 하늘만 올려다보고 있자니, 옆에서 웅성웅성 떠드는 목소리들이 들려왔다.

"자네도 그 기사라는 놈을 봤나? 행색이 아주 기묘하다던데."

"아니, 나도 직접 보지는 못했고, 그런 놈이 주변을 어정거린다는 이야기를 들었을 뿐이야."

도시 이곳저곳을 떠돌며 장사를 하는 상인들의 대화였다. 기사라고? 소년은 저도 모르게 귀를 기울였다. 고위 귀족들이 축출당하고 그들을 모시던 기

자네 이름은 산초가 좋겠다

사단 역시 와해되거나, 죄질에 걸맞은 처벌을 받았으니 아마 남은 이들은 거의 없을 터였다. 겨우 살아남은 자들도 정체를 숨기기에만 급급하지, 자신이 기사라며 떠들어 대는 얼간이는 없었다.

"요즘 시대에 기사를 자처하다니, 별일이군. 돌맞아 죽을 일 아닌가?"

"듣자 하니 정신이 온전치 못한 노인네라던데. 진짜 기사도 아닌 것 같다고 하니… 세상 풍파를 견디지 못하고 미쳐 버린 것 아닐까. 그래도 악인은 아닌 게, 굶주리던 마을에 제 식량을 전부 퍼 주고 떠났다더군."

"그렇다면 가여운 꼴인데. 그러다가 객사하기 딱 좋지."

상인이 쯧쯧 혀를 찼다. 그렇지 않아도 흉년이 들어, 농민들은 배를 쫄쫄 곯고 도시의 경기도 나빴다. 그런 와중에 자신의 것을 내어놓다니. 광인도 그런 광인이 없었다.

두런두런 오가는 대화를 엿들으며 우체부 소년은 밍밍한 음료를 홀짝였다. 과거에는 어땠는지 모르겠지만 지금 기사와 마법사는 부패의 상징이었다. 그 광인 기사가 조금 궁금해졌지만 그것도 잠시, 다시 출발할 시간이 되었다. 여분의 빵을 잔뜩 사고 수통 네 개에 물을 가득 채운 뒤, 소년은 다시 길을 나섰다. 쓸데없는 것에 귀를 기울이기에는 가야 할 목적지가 너무나도 멀었다.

그 뒤로도 소년이 끼니를 해결하고 휴식하기 위해 식당이나 여관에 들어갈 때마다 그 기이한 기사에 관한 목격담이 계속해서 들려왔다.

늦은 시간, 싸구려 여관에서 술안주 삼아 떠들어 대는 이들의 대화는 그냥 넘겨듣기에는 지나치게 별난 내용이었다. 숙박비를 낼 돈이 없어, 식당 한구석에 몸을 쭈그리고 잠을 청하려던 우체부 소년은 슬그머니 고개를 들었다.

"저기 평야의 양치기한테 못 쓰는 양털을 잔뜩 얻어 갔다더군."
"그걸 얻어서 뭐에 쓴다고?"
"그거야 모르지. 황금 양털보다 더 귀한 물건이라고 호들갑 떨며 가져갔다는데."
"아랫동네에서는 여관 주인에게 기사 서임을 다시 내려 달라고 했다더군. 원래 모시던 주인이 없어졌다면서 말이야."
"허어, 정말 말 그대로 광인이군. 그래서, 해 줬다던가?"
"하도 성화를 부려 대는 바람에 여관 뒷마당에서 대충 시늉만 해 줬대. 그랬더니 크게 기뻐하면서 진정한 편력 기사의 길을 실천하겠다고 훌쩍 떠나 버렸다더군."

자네 이름은 산초가 좋겠다

손님 대부분은 객실에 자러 올라간 시간이라 여관의 공용 식당에는 술잔을 기울이는 이들만이 남아 있었다. 두런두런 조용히 대화 나누는 목소리에 오래된 스튜가 보글보글 끓어오르는 소리가 은근히 섞여 들었다. 어두운 식당을 밝히는 흐린 촛불이, 얼큰하게 취기가 오른 채 그저 재미있어 죽겠다는 듯 싱글벙글 웃는 이들의 얼굴 위로 일렁였다.

소년은 몸을 웅크리고 그림자 안에 자기 자신을 구겨 넣었다. 내일부터는 본격적으로 성 바깥에서의 여정이 시작될 테니, 조금이라도 눈을 붙여야 했다. 눈꺼풀을 닫으니 자연스럽게 졸음이 몰려왔다. 수마의 파도에 키득키득 숨죽여 웃는 이들의 목소리가 천천히 멀어져 갔다. 아주 오랫동안 끓인 스튜 냄새도 아득해졌다.

황금 양털에 편력 기사. 이제는 오락거리도 안 되는 옛날이야기에나 나오는 단어들이었다. 각성자가 나타나고 마력이 의미 없어진 시대에, 기사나 마법사가 등장하는 모험 소설은 구닥다리 취급도 받지 못했다. 하지만 분명 언젠가 아직 우체부가 아니던 시절, 소년도 한 번쯤은 검을 들고 명마 위에 앉아 세상을 호령하는 꿈을 꾼 적도 있었다. 자유롭게 세상을 누비고, 사람들을 돕는 인생을 사는 꿈을.

지금 생각하면 바보 같은 짓이었다. 분명 그 노망난 자칭 기사도 조만간 굶어 죽었다는 소식이 들릴 것이다. 지금은 그런 세상이니까. 어렴풋이 들려오는 목소리들이 즐거운 웃음을 터뜨리는 것을 마지막으로, 소년은 까무룩 잠이 들었다.

성안에서의 마지막 밤을 보내던 그때까지도 소년은 미처 예상하지 못했다. 동이 튼 후 성문을 나선 뒤 채 몇 시간도 지나지 않아 소문의 그 기인을 직접 마주하게 될 것이라고는.

*

우체부 소년은 당황스러웠다. 평소에 그리 심경의 변화가 큰 편은 아니라고 자부했지만, 그럼에도 이번에는 정말, 진심으로 당황할 수밖에 없었다.

"이게… 도대체…."

마물들이 잔뜩 독이 오른 채 소년을 둘러싸고 침을 질질 흘리며 으르렁댔다. 하지만 마물들보다도 더 당혹스러운 것은 앞을 가로막고서 떡하니 선 한 남자의 존재였다. 정오가 다 되어 가는 시간, 작열하는 태양 빛을 반사한 갑옷이 푸른 하늘 아래에서 번쩍였다.

"이 간악한 것들, 감히 어린 소년을 괴롭히다니!"

남자의 장비는 최근에는 쓰지도 않는 구식이었고, 그마저도 굉장히 낡아서 나무 몽둥이 하나도 제

자네 이름은 산초가 좋겠다

대로 막을 수 없을 것처럼 보였다. 높이 치켜든 검 끝은 마구 흔들렸고, 질질 끌고 온 말은 늙고 지쳐 보였다. 하지만 그 '기사'는 철컥대는 구식 갑옷을 입은 몸을 들썩대며 독 오른 마물들을 향해 호령했다.

"아주 운이 나쁜 녀석들이군, 하필이면 나, '돈키호테'의 눈에 딱 걸렸으니! 이놈들, 정의로운 기사의 검을 받아라, 컥컥, 쿨럭!"

하도 기세 좋게 외쳐대는 통에 목소리 끝이 갈라지는 것까지 허술하기 그지없었다. 하지만 그 모든 것에도 '기사'는 전혀 아랑곳하지 않는 것처럼 보였다. 인적 하나 없는 황무지에 청명한 하늘, 그리고 오랜 굶주림 끝에 먹잇감을 노리고 찾아든 마물들과 얼이 빠져 버린 우체부 소년 앞을 가로막고 선 늙은 기사. 이 어울리지 않는 조합이 도대체 어찌 된 일인가 하니….

도시를 벗어난 소년은 성벽을 통과해 비포장도로에 발을 내디딘 순간 '목표에 도달하는 자' 스킬을 발동했다. 체력이 약간 소모되는 감각과 함께 두 발이 자연스레 움직이며 초행의 길을 익숙하게 걷기 시작했다. 그 뒤에는 아무 생각도 할 필요가 없었다. 그냥 발에 몸을 맡겼다가 쉬고 싶을 때 스킬을 해제하고, 자고 일어난 뒤 다시 스킬을 발동하면 끝이었다. 그러면 알아서 소포에 적힌 목적지에 도달할 테니까.

말과 마차를 타고서는 발동이 안 된다는 게 아쉽지만, 이것만 해도 우체부 소년에게는 제법 편리한 스킬이었다. 길을 헤맬 일도 없겠다, 성 밖 황무지는 다소 위험하지만 그래도 최근에 각성자들이 대대적으로 마물을 소탕했으니 별일은 없을 거였다. 하지만 그게 얼마나 잘못된 판단이었는지는 채 반나절도 지나지 않아 깨달을 수 있었다.

　목적지는 생각보다도 더 멀었고, 스킬은 점점 더 인적이 드문 을씨년스러운 곳으로 소년을 안내했다. 그제야 소년은 불안해졌다. 그렇다고 걸음을 멈출 수도 없었다. 스킬은 열심히 제 역할을 다했다. 하지만 '목표에 도달하는 자'에 위험 지대를 피해 가는 능력 따위는 없었다. 그렇게… 소년은 마물의 둥지 한가운데에 제 발로 들어가 버렸다.

　급하게 스킬을 해제했지만 이미 굶주린 마물들의 표적이 된 뒤였다. 사양이라는 것을 모르는 마물 놈들은 이빨을 드러내며 천천히 소년을 압박해 왔고, 그대로 죽음을 각오한 순간! 고철을 모아 만든 것 같은 누더기 갑옷의 기사가 갑자기 현장에 난입했다.

　"네 이놈들! 당장 그만두지 못할까! 이런 비열한 놈들 같으니, 공포에 질린 소년이 가엾지도 않더냐!"
　"크… 크륵….."

　절그럭대는 구식 갑옷을 두른 채 검을 휘적대는 기세에 굶주린 마물들 역시 조금 질린 것처럼 주춤

자네 이름은 산초가 좋겠다

했다. 서로 눈빛을 교환하는 것이 꼭 먹을 수 있는 건지 아닌지 논의하는 것처럼 보였다. 아무래도 그 렇겠지. 비쩍 말라서 뼈밖에 없는 소년이나 녹슨 갑옷을 걸친 미친놈이나 맛없어 보이기는 매한가지일 테니까.

잠시 후, 마물들이 슬금슬금 물러서자 기사가 더욱 날뛰기 시작했다.

"와라! 덤비라고! 비겁하게 꽁무니를 빼다니, 기사답지 못한 행동이다!"
"크르륵…."

아무래도 그 소리가 거슬렸는지 마물 한 마리가 뒤를 돌아보며 살벌하게 이를 드러냈다. 소년은 기겁하며 기사를 뜯어말렸다.

"잠깐만요! 그냥 내버려 둬요! 저러다가 다시 돌아와서 덤벼들면 어쩌려고요!"
"그거야 바라던 바로다! 정의의 검은 언제나 악적을 무찌를 준비가 되어 있나니!"
"으아악, 그만, 그만하세요!"

두 사람이 실랑이를 벌이는 사이, 마물들은 바보들에게 신경을 꺼 버리고 천천히 멀어져 갔다. 그들이 지평선 너머로 사라지고 완전히 보이지 않게 되자, 소년은 그제야 안도의 한숨을 푹 내쉬며 기사를 놓아주었다.

"어째서 나의 승부를 말리는가. 이번에야말로 놈들에게 본때를 보여 줄 수 있었는데!"

"진짜 제정신이에요? 둘이서 저 많은 수의 마물을 상대할 수 있을 리 없잖아요! 애초에 나는 싸움 같은 건 못한다고요!"

"자네는 내 뒤에 있으면 되네! 약자를 지키는 것, 그게 바로 기사가 할 일!"

"진짜 미치겠네!"

의기양양하게 검을 치켜들고서 말하는 기사를 보며, 소년은 머리를 쥐어뜯을 수밖에 없었다. 그 모습을 물끄러미 지켜보던 기사가 투덜거렸다.

"그것참, 정취를 모르는 자로세."

"정취? 정취라고 했어요, 방금?"

"물론이지. 세상을 살아가는 데에는 정취가 꼭 필요한 법이거든."

기사가 검을 내리자 절그럭, 갑옷의 연결부에서 둔탁한 소리가 났다. 땅거미가 길게 내려앉는 황혼의 시간, 너른 황야에는 기사와 소년, 단둘뿐이었다. 소년을 멀거니 보던 기사가 엉뚱한 말을 툭 던졌다.

"저놈들이 왜 갑자기 꽁무니를 뺐는지, 그 까닭을 아나?"

"네?"

"저놈들은 눈이 아주 나쁘다네. 대충 사냥감의 형태만 구분할 수 있을 정도고, 나머지는 후각과 청

자네 이름은 산초가 좋겠다

각에 의지하는 놈들이지. 그런데 갑자기 눈앞에서 뭔가가 번쩍거리니 공포에 질려 도망칠 수밖에."

의외의 말에 조금 놀란 소년은 눈을 멍하니 깜빡였다. 기사의 갑옷과 검은 낡았어도 겉면에는 광을 유지하고 있었다. 마물들은 햇빛이 반사되는 장비를 보고 겁을 먹어 물러난 것이다. 즉, 기사가 마구 날뛰던 것이 그저 미친 짓만은 아니라는 뜻이었다. 거기까지 생각이 미친 소년은 문득 이상한 점을 깨달았다.

"잠깐, 그러면 쫓아냈으면 된 거 아니에요? 굳이 추격할 필요는 없잖아요."

"물론이지. 하지만 그편이 멋있지 않은가. 기사는 원래 물러남을 모르는 법이지."

소년은, 어쩌면 이 노기사가 의외로 제정신일지도 모르겠다는 생각을 곱게 접어 두기로 했다. 역시 이자는 광인이 틀림없었다. 우체부 소년의 생각을 아는지 모르는지, 기사가 씨익 웃으며 제안했다.

"그나저나 해가 곧 질 것 같은데. 자네는 머물 곳이 있는가? 아무래도 야영을 해야 할 것 같네만. 이 몸이 지켜 주겠네."

"아니요, 저는 혼자 있는 게 좋아서."

"아까 그놈들은 밤에 더 활발한 녀석들이네만, 정말로 괜찮겠는가?"

칼같이 거절하려 했지만, 노인이 은근한 목소리로 덧붙인 말에 소년은 발목이 잡히고 말았다. 빠르게 움직이던 소년의 발이 멈추는 것을 확인한 기사가 투구 아래에서 개구쟁이 같은 미소를 씨익, 지었다.

"생명의 은인에 대한 예우로 식량도 좀 나눠 주게."
"하아…."

한숨이 저절로 터져 나왔다. 하지만 거절할 명분이 없었다. 근처에 있던 말라비틀어진 나무 아래 대충 모닥불을 피우고 앉았을 무렵에, 해가 완전히 저물며 밤이 찾아왔다. 도대체 며칠을 굶은 건지, 기사는 소년이 나눠 준 맛없는 빵과 밍밍한 물을 정신없이 먹어 치웠다.

"아! 이제야 살 것 같군. 아주 고맙네. 황금색 왕에게 대접받았을 때만큼 멋진 식사였어."
"황금색 왕은 또 뭐예요?"
"자네, 모르는가? 서쪽에 아주 훌륭한 성채가 있다네. 나는 바로 3주일 전에 거기에 다녀왔지!"

갑옷이 절그럭대는 팔을 거창하게 휘저으며 기사는 장황한 이야기를 늘어놓았다.

"악적 무리가 가여운 성주를 덮치려 들기에 내가 나섰지. 그리고 성주는 크게 감복하여 나에게 진수성찬을 대접해 주었다네. 기사로서 할 일을 했을 뿐이지만, 그것참, 귀하신 분이 공을 치하해 주

자네 이름은 산초가 좋겠다

니 몸 둘 바를 모르겠더군."

그 말을 듣고 있자니 얼마 전 여관에서 주워들은 소문이 떠올랐다. 외진 곳의 여관에 왈패 놈들이 쳐들어와 돈을 뜯어내려고 했는데, 웬 정신 나간 기사가 갑옷을 절그럭대며 달려와 놈들을 쫓아 주었다는 것이다. 사례를 해 주겠다는 주인의 말을 한사코 거절하기에 대신 크게 저녁 한 상을 차려 주었다고 했다.

비록 그 뒤로 손님들과 시비가 붙어서 채 몇 시간도 지나기 전에 쫓겨나 버렸지만.

기사의 말과 사건의 전말을 대조해 보던 소년의 한숨이 더욱 깊어졌다. 소년이 아무런 대꾸를 안 하자 사위는 곧 침묵에 잠겼다. 몇 걸음 떨어진 곳에서 늙은 말이 풀을 씹는 쩝쩝 소리와 타닥, 탁, 모닥불 불똥 소리만이 고요한 밤을 채웠다.

"그러고 보니 자기소개도 안 했군. 나는 정의의 기사, 더러운 세상에서 언제나 약자의 편을 들 자, 영광을 찾는 돈키호테일세. 저 친구는 나의 오랜 애마, 로시난테라고 하지. 세상에 저런 명마는 둘도 없을 걸세."
"명마라고요?"

소년이 제 귀를 의심하며 되물었다. 비쩍 마른 말은 대충 갑주를 걸치고 있긴 했지만 볼품없기 그지없었다. 명마라 함은 다리에 붙은 튼튼한 근육과 윤기 흐르는 털, 그리고 한 점 흐트러짐 없는 자세가 상징일진대. 로시난테는 눈을 씻고 찾아봐도 명마의 자질이라고는 전혀 보이지 않았다. 그저 흐리멍덩한 눈으로 주인을 졸졸 따라다니며 때가 되면 풀을 우걱우걱 씹을 뿐이었으니까.

자신을 돈키호테라 소개한 이 괴상한 자도 초라하기는 마찬가지였다. 멋을 내어 기른 것 같은 수염은 한참이나 유행이 지난 모양이었고, 머리도 아무렇게나 자란 것을 대충 모아 질끈 묶은 채였다. 주름진 얼굴에는 지난 세월의 흔적이 고스란히 남아 있었지만, 그럼에도 두 눈만은 나이를 짐작하기 힘들 정도로 초롱초롱하니, 그 자체로 독특한 분위기를 풍겼다.

"명마이고말고. 나이는 좀 많지만, 아직 힘이 넘치지. 자네 눈에는 저 굵은 허벅지가 안 보이나?"
"비쩍 마른 나뭇가지처럼 보이는데요. 저처럼."

로시난테를 힐끗 본 소년이 불퉁하게 대답했다. 그러자 속도 없이 씨익 웃어 보인 돈키호테가 느긋하게 대답했다.

"비쩍 말랐을지언정, 저 녀석이 명마라는 것에는 변함이 없지. 저 하늘의 별이 언제나 그 자리에 있는 것처럼 말일세."
"하늘의 별은 늘 그 자리에 머무는 게 아닙니다. 최신 천문학도 몰라요? 하늘이 빙글빙글 돌기 때

자네 이름은 산초가 좋겠다

문에 별도 같이 움직이는 거라고요."

"하지만 하늘이 별들을 주렁주렁 달고 빙글빙글 돈다고 해서 그게 없는 게 되는 건 아니잖은가. 언젠가는 다시 제자리로 돌아올 테니까."

그렇게 말하며 돈키호테는 손가락을 치켜들어 별이 총총 박힌 하늘을 가리켜 보였다.

"로시난테는 명마고, 자네도 빼빼 말랐다지만 얼마든지 명마가 될 수 있다는 뜻이지. 멋지지 않은가?"

"일단 저는 말이 아닙니다만."

하는 일은 어쩌면 비슷할지도 모르겠다. 자신의 목숨값보다 비싼 짐을 들고서 뭔가를 판단할 자격조차 없이 저벅저벅 목적지를 향해 걷기만 하는 꼴이. 그렇게 생각하니 어째 기분이 가라앉았다. 소년이 갑자기 입을 다물고 타오르는 모닥불만을 노려보자 돈키호테가 고개를 갸우뚱했다.

"별로 마음에 들지 않는 눈치군. 그러면 명마 말고, 뭔가 되고 싶은 건 없는가? 하늘이 빙글빙글 돌듯 세상도 빙글빙글 도는 법이니, 뚜벅뚜벅 걷다 보면 언젠가 소망을 이룰 수 있을지도 모르지. 마치 이렇듯, 멋진 기사가 된 나처럼 말일세!"

퉁, 돈키호테가 가슴팍의 갑주를 두드리자 쇠 특유의 둔탁한 소리가 났다. 소년은 고개를 들고 그를 흘겨보았다.

"멋진 기사는 무슨, 엉터리잖아요."

"난 진짜 기사일세. 지금도 기사고, 옛날에도 기사였고, 앞으로도 기사일 테지. 처음 시작은 기사가 되고 싶은 노망난 노인이었을지 몰라도, 오랜 시간을 버텨 낸 결과 나는 결국 기사가 되었다네."

"그건 또 무슨 소리예요?"

"후후. 듣고 싶은가? 세상이 뒤집히기 전, 이 돈키호테의 화려한 모험기를!"

다시금 흥분한 돈키호테가 옆에 잠시 내려 둔 검을 움켜쥐고서 하늘을 향해 치켜올렸다. 그 꼴을 본 소년이 질색하며 손을 내저었다.

"아니요, 별로 안 궁금한데요."

"이런, 이런! 누구나 다 이 몸의 이야기는 궁금해할 수밖에 없지. 그렇다면 천천히 풀어놓아 보도록 할까. 이 돈키호테의 이야기를!"

유난히도 쩌렁쩌렁 울리는 노기사의 목소리가 밤하늘을 휘저었다. 이미 돈키호테의 귀에는 소년의 목소리 따위는 전혀 들리지 않는 것 같았다. 지난 몇 시간의 경험상, 이미 그를 말리기는 틀렸다는 것을 알아차린 소년이 한숨을 푹 내쉬며 무릎 사이에 고개를 파묻었다. 하지만 그것도 잠시, 소년은 제 앞에 건네지는 무언가에 다시 시선을 들 수밖에 없었다.

타닥, 타닥 타오르는 모닥불이 돈키호테가 내민 신분패 위에서 일렁였다. 소년은 저도 모르게 그것

자네 이름은 산초가 좋겠다

을 받아 들어 확인했다. 낡은 물건이었지만 꽤나 값나가는 재질로 만들어진 신분패에는 멋들어진 필체로 처음 보는 이름이 새겨져 있었다.

알론소 키하노.

영지의 제2기사단 단장으로 임명한다.

소년의 눈이 커졌다. 급하게 뒷면을 살펴보니, 거기에는 처음 보는 문양이 새겨져 있었다. 아마 멸망한 귀족 가문의 휘장이리라, 소년은 쉽게 짐작하고는 고개를 들어 돈키호테를 보았다.

"아주 어렸을 때부터 기사가 되고 싶었다네. 마력에 뚜렷한 재능이 없는 몸이라 정말 모질게 힘든 시간이었어. 하지만 기사가 되기 위해서라면 그깟 고생쯤이야 얼마든지 버틸 수 있었네. 그리고 결국 기사가 되었지."

"하지만, 지금 기사들은…."

"그래. 내가 모시던 영주님은 혁명 때 처형당했지. 아주 애처로운 모습이었어. 아, 안타까우신 분! 죄라고는 그저 태어나서 곱게 자라, 부모가 쥐여 준 부와 명예를 그저 누렸을 뿐인, 아둔하고 유순하던 나의 주인님…. 기사단은 해체되고 나는 홀로 도망쳐 나왔다네. 마력 재능이 없었던 덕에 감시망에서 쉽게 빠져나왔던 걸세."

"아…."

돈키호테, 그리고 알론소 키하노. 그는 오래전 주인을 잃어버린 진짜 기사였다. 아마 그 과정에서 그때까지 쌓아 올린 모든 것이 함께 불탔을 게 분명했다. 말을 잇지 못하는 소년을 힐끗 본 돈키호테가 수염 난 입가로 다시 한번 히죽 웃었다.

"그 충격으로 미쳐 버렸을 거라고, 지금 그렇게 생각하지?"

아주 정확한 지적이어서 소년은 이번에도 말문이 막혔다. 돈키호테는 가볍게 고개를 내저었다.

"틀렸어. 나는 미치지 않았다네. 그저 꿈을 좇아 사는 것뿐이지."
"꿈이요? 하지만 꿈은 이미 이뤘다면서요."
"그래. 진짜 기사가 되었지. 하지만 아주 옛날부터 나는, 뭔가가 잘못되었다고 생각했었네."

멋진 검을 허리에 차고 백마를 몰아 거리로 접어들면 누구나 다 환호를 보냈다. 돈은 돈대로 벌 수 있었고, 각성자가 나타나기 이전 평화로운 시대에서는 딱히 전쟁도 일어나지 않으니 목숨 걸고 싸울 일도 없었다. 그러나 돈키호테가 원한 기사는 그것이 아니었다.

"그때의 나는 젊고, 부자였고, 열정도 있었다네. 하지만 좀 달랐어. 내가 되고 싶었던 기사는 이런

자네 이름은 산초가 좋겠다

게 아니라는 걸 어렴풋이 느끼고 있었지. 하지만 그때는 뭐가 잘못되었는지 몰랐으니까. 일단은 영주님을 지키는 몸이 되었다는 걸 자랑스러워했다네. 번쩍번쩍한 갑옷을 두르고, 살이 튼실한 명마를 끌고 말이지."

"그 정도였으면 충분히 부자로 살 수 있었잖아요. 갑옷만 팔아도 돈이 꽤 되었을 텐데, 왜 이러고 살아요? 시치미 뚝 떼고 번듯한 집을 마련해 편하게 살면 될 텐데."

어느새 소년은 그의 이야기에 귀를 기울이고 있었다. 돈키호테는 편한 자세로 고쳐 앉으며 시원스레 대답했다.

"영주 성이 불탄 그날, 뭐가 문제였는지 깨달았거든."

"뭐였는데요?"

소년이 저도 모르게 가까이 다가가 앉으며 묻자 돈키호테가 씨익 미소 지으며 물었다.

"궁금한가?"

궁금했다. 하지만 그렇다고 쉽게 고개를 끄덕이기에는 자존심이 용납하지 않았다. 그가 우물쭈물하자, 돈키호테는 벌러덩 자리에 드러누워 버렸다.

"아, 오늘도 고단한 하루였어! 이제 슬슬 눈을 붙여야겠군. 자네도 얼른 잠자리에 들게. 내일 또 길을 가야 하지 않은가? 가여운 우체부 소년이 고난의 길을 걷는도다!"

"잠깐만요, 여기에서 멈추는 게 어디 있어요?"

"베개는 이 세상이고 이불은 밤하늘이니, 이보다 더 멋진 삶이 어디에 있으랴! 소년이여, 자네도 너무 조급해하지 말게. 내일이 있잖은가."

"네?"

소년이 황당해하며 되물었지만 돈키호테는 더 대화하지 않겠다는 듯 몸을 돌렸다. 그리고 잠시 후 커어어억, 푸우우… 거창하게 코 고는 소리가 들려왔다.

"뭐야, 진짜 자요?"

돌아오는 대답은 없었다. 갑작스레 침묵이 찾아온 황야에는 탁, 타닥 모닥불이 타는 소리만이 간간이 들릴 뿐이었다. 풀을 질겅질겅 씹던 말이 선 채로 꾸벅꾸벅 조는 게 보였다. 소년은 허탈해졌다.

"내가 미친 사람 데리고 뭐 하는 짓인지…."

결국 소년 역시 한숨을 푹 내쉬고는 딱딱한 바닥에 몸을 뉘었다. 그의 말대로 내일도 한참을 걸어야 했고, 목적지까지는 아직도 한참이나 남았으니 체력을 아껴 둬야 했다. 마른 나뭇가지 사이로 하늘에 총총 박힌 별이 보였다. 딱딱한 지면에 아무렇게나 누운 등이 배겼고 이불 한 장 없는 몸은 춥기만 했다. 베개며 이불은 무슨. 그런 낭만을 찾기에는 너무

자네 이름은 산초가 좋겠다

팍팍한 세상이었다.

천천히 눈을 깜빡였다. 천천히 돌고 있다는 밤하늘이 눈꺼풀 너머로 사라졌다가 다시 나타나는 것을 반복했다. 로시난테는 명마다. 그건 밤하늘에 별이 존재하는 것처럼 변하지 않는 사실이다. 그 말의 진의는 뭘까. 우체부 소년은 우체부 소년이다…. 아니지, 돈키호테는 이런 의미로 한 말이 아니었다.

실컷 걸은 데다 의외의 위기를 조우하고, 미친 노인에게 시달린 탓인지 쉽게 졸음이 몰려왔다. 소년은 수마에 저항하지 않고 몸을 맡겼다.

그리고 다음 날, 눈을 떴을 때 돈키호테는 없었다. 벌떡 일어나서 두리번거리자 멍청히 서서 풀을 씹는 로시난테가 보였다. 상황 파악을 위해서 멀뚱히 주변을 둘러보던 소년은 갑자기 쿵, 하고 육중한 무언가가 떨어지는 소리에 깜짝 놀라 뒤를 돌아보았다. 돈키호테가 커다란 야생 돼지 한 마리의 다리를 잡고 서 있었다.

"사냥을 해 왔네! 이거면 둘이 먹고도 충분하겠지. 먼 길을 떠나기 전에는 영양 보충을 충분히 해야 한다네. 오늘도 같이 힘내 보세나!"
"이걸… 잡아 왔다고요? 아니, 둘이서 먹자고요? 이걸?"

혀를 쭉 빼물고 죽은 돼지는 집채만 한 놈이었다.

소년이 경악하건 말건 그는 검을 뽑아 익숙하게 돼지를 해체했다. 신바람이 나서 콧노래까지 부르는 돈키호테를 멍하니 보던 소년이 퍼뜩 정신을 차렸다.

"잠깐만, 같이 힘낸다는 건 무슨 말이에요?"
"어제 말하지 않았나. 지켜 주겠다고. 자네도 분명 동의했을 텐데?"

돼지의 다리를 썰어 대던 돈키호테가 소년을 돌아보며 뻔뻔하게 대답했다.

"제, 제가 언제요? 야영만 함께한 거였지…."
"이 앞은 계속 몬스터 소굴이라네. 이대로 쭉 황야를 가로질러 가야 하는 것 아닌가?"

소년이 급하게 항변했지만 돈키호테가 중간에 말을 뚝 잘라 버렸다. 어제 같은 상황이 없을 거라고는 장담하지 못했다. 어제도 마물을 쫓아내 주었고, 진짜 기사였다고 하니 분명 어느 정도 도움은 받을 수 있을 거란 생각이 머릿속을 스쳤다. 하지만 소년은 그것이 달갑게 여겨지지 않았다.

"돈 받아 낼 생각이라면 관두세요. 저는 호위비 낼 돈 같은 거 없다고요."
"금전이라니, 어찌 그런 추한 말을 입에 담는가!"

그 말이 끝나기가 무섭게, 돈키호테가 완전히 잘라 낸 돼지 다리를 검처럼 휘두르며 일갈했다.

자네 이름은 산초가 좋겠다

"겨우 금전 따위로 내 앞길을 정하지는 못하네!
나는 오로지 신의와 신념, 그리고 자유의지로 갈
곳을 선택하는 것일세!"

"예?"

그의 말을 직역하자면 간단했다. 돈 따위는 필요
없고 그저 가고 싶어서 가는 것이다, 라고. 그렇게
말하니 소년은 더 뭐라 대꾸할 수 없었다. 그가 망연
해하는 사이, 돈키호테는 밤사이 거의 다 꺼진 모닥
불을 다시 피우고 손질한 돼지를 굽기 시작했다. 노
릇노릇한 냄새가 코끝을 간질이자 소년은 모든 것
을 포기하고 돈키호테의 곁에 앉아 고기가 익어 가
는 것을 구경했다.

"그래서, 갑자기 문제를 깨달았다고요?"

"으응?"

멍하니 모닥불을 보던 소년이 갑자기 운을 뗐다.
돈키호테가 의아하게 되묻자 불꽃에서 눈을 떼지
않은 채 소년이 대답했다.

"밤에 하던 이야기요."

"아아, 그 이야기였군. 역시 이 몸의 아름답고 위
대한 일대기에 관심을 두지 않을 수 없지."

뿌듯하게 말하며 돈키호테는 다 익은 살점을 소
년에게 건네주었다. 소년은 긍정도, 부정도 하지 않
았다. 아름답고 위대한지는 모르겠지만 관심이 생

겼다는 말은 사실이었으니까. 고기를 크게 베어 물고 질겅질겅 씹어 삼킨 돈키호테는 기름진 입술로 다시 운을 뗐다.

"어디까지 이야기했지? 처음부터 다시 할까? 이 몸, 돈키호테는….."
"영주 성이 불탄 날에 뭐가 문제였는지 깨달았다면서요."

정말로 처음부터 이야기를 줄줄 읊을 기세라 소년이 얼른 말을 꺼냈다. 돈키호테는 노골적으로 아쉬운 내색을 보이면서 입맛을 다셨다.

"그래, 그랬지. 그날 밤에 나는 참 부끄러운 짓을 했어. 영주님과 동료들을 두고 도망쳤으니 말이네."

기사답지 못한 일. 함께 죽는 것보다야 살아남는 쪽이 백번 나을 테니 도망친 게 그리 이상한 일은 아니었지만, 이 미친 노기사 돈키호테가 어떤 자인지 생각해 보면 그답지 않은 일이긴 했다. 소년의 생각을 읽어 냈는지 돈키호테가 입맛을 쩝 다시며 첨언했다.

"그때의 나는 신념이 없었으니까. 그래서 도망치면서도 어떻게든 이 알량한 목숨을 건질 생각만 했다네. 하지만 지금의 나는 다르지! 이 몸은 다시 태어났으니까!"
"그러니까 그게 어떻게 된 거냐고요!"

자네 이름은 산초가 좋겠다

"자네도 알까 모르겠군. 최초의 각성 돌풍이 불어 닥친 뒤로도 각성자는 종종 태어났다네. 지금도 어디선가 새로운 각성자가 태어나고 있겠지."

"그렇죠. 저도 그런 경우고."

고기 뼈를 모아 정리하며 소년이 대꾸했다. 두 사람이 한 번에 먹기에는 돼지가 너무 컸던지라, 나머지는 먹을 수 있는 부분만 손질해 돈키호테의 위대한 마법의 주머니(낡아 빠진 가죽으로 만들어진, 구멍 나기 직전의 자루)에 보관하기로 했다. 조각낸 고기를 한꺼번에 자루에 쓸어 담으며 돈키호테가 말을 이었다.

"나 역시 마찬가지일세. 홀로 도망쳐 나와서 불타는 영주 성을 바라보고 있었는데 불현듯 깨달아 버렸거든. 그 순간에 나 역시 '각성자'가 되었다고 할 수 있겠군."

"네? 각성자라고요?"

"그렇다네! 멋지지 않은가? 그것이 바로 나를 위대한 편력 기사, 돈키호테의 길로 재차 이끌었다네!"

낡은 자루의 주둥이를 꽉 닫아 로시난테의 등에 얹으며 돈키호테가 신바람이 나서 외쳤다. 기사였던 사람이 각성자가 되는 것은 굉장히 이례적인 일이었다. 당연했다. 기사라면 으레 마력을 가지고 있었으니까. 하지만 돈키호테는 마력을 다룰 수 없는 몸이었기에 스킬을 받는 게 가능했던 것이다.

갑작스럽게 안장에 짐이 실린 로시난테가 심기가 불편한지 고개를 한번 털어 냈다. 모닥불까지 완전히 꺼지자, 이제 다시 출발할 시간이었다.

소년이 '목표에 도달하는 자' 스킬을 발동하자 자연스럽게 발걸음이 옮겨졌다. 돈키호테는 돼지고기를 실은 로시난테의 말고삐를 끌며 소년과 보조를 맞춰 걸었다.

"각성자라는 건 알겠는데…. 그거랑 돈을 포기한 거랑 무슨 관계예요?"
"말했지 않나, 뭐가 문제였는지 깨달았다고. 그것이 나의 스킬이었거든."

돈키호테가 볼품없는 얼굴로 히죽 웃어 보였다.

"이 몸이 가진 위대한 스킬은! 그 이름도 찬란한 '별을 쫓는 광인'이라네!"

별을 쫓는 광인. 소년은 그 이름을 입 안에서 굴려 보았다. 시스템이 내린 스킬명은 대부분 뜬구름 잡는 헛소리에 가까웠다. 자신의 스킬도 그랬다. 하지만 돈키호테가 가진 스킬의 이름은 어쩐지 그와 잘 어울렸다. 특히나… 광인이라는 부분에서.

"자네 지금, 스킬 때문에 정신을 놓고 미쳐 버린 거군, 이라고 생각하지 않나?"

자네 이름은 산초가 좋겠다

"…뭐어. 영 없는 경우도 아니니까요."

소년은 순순히 시인했다. 각성자가 우후죽순 생기기 시작했을 무렵, 아직 스킬을 다루는 데 익숙하지 않은 이들은 크고 작은 사고를 내기도 했다. 화염을 일으키는 강력한 스킬을 보유하게 된 주부가 자신이 일으킨 불꽃을 조절하지 못해 그대로 타 죽기도 했고, 어느 망루의 병사는 천리안 스킬을 각성한 뒤 온갖 것이 다 보이는 시야를 감당하지 못해 결국 미쳐 버려 자결했다.

'광인'이라는 이름이 붙은 스킬 역시 돈키호테의 정신에 영향을 끼쳤을지도 몰랐다. 하지만 돈키호테는 간단하게 부정했다.

"그런 것이 아닐세. 나는 전생의 기억을 되찾았거든."
"예?"

이번에야말로 뜬금없는 소리였다. 소년의 눈이 불신으로 가득 차자 돈키호테가 껄껄 웃음을 터뜨렸다.

"거짓말 같다는 건 안다네. 그냥 광인이 지껄이는 소리라 생각하고 들어주게. 어쨌든 즐겁지 아니한가!"

유쾌하게 내뱉는 그를 보며 소년은 한순간 말문이 막혔다. 그를 빤히 바라보는 돈키호테의 눈동자가 미친 사람이라기에는 지나치게 맑고 심유한 탓이었다. 돈키호테는 로시난테의 말고삐를 잡아끌면서 말을 이었다.

"마치 별이 내 머릿속에 떨어지는 것 같았지. 잃어버린 영혼을 되찾는 감각이었어. 자네에게도 꼭 보여 주고 싶네만, 그럴 수 없어서 너무나도 아쉽군. 그런 황홀감은 아마 내 살아생전 두 번 다시 겪지 못할 걸세."

마치 꿈을 꾸는 듯, 돈키호테가 몽롱함에 젖어 말을 이었다.

"그때 나는 내가 진정 바라던 게 뭔지 깨달았어. 이 땅에서 태어나기 전에도 나는 기사가 되기를 갈망했다네. 아니지, 나는 과거에도 기사였어. 마법이나 마력도 없고, 스킬도 없는 그런 척박하고도 평화로운 세상에서 말이야."
"마력이… 없는 세상이요?"

"그랬지. 하지만 생각해 보면 이 땅과 크게 다른 점도 없었네. 나는 할 줄 아는 것이라고는 사냥밖에 없는 시골 마을의 한량 귀족이었지. 하루하루가 참으로 지루했다네. 돈도 있고 땅도 있었지만 무료했어. 그러다 내 피를 끓게 만드는 것을 발견했다네."

전쟁도 없고 마물도 없고, 마력이라는 것도 없다.

자네 이름은 산초가 좋겠다

그런 세상이 있을 리가. 하지만 맑은 하늘을 올려다 보는 돈키호테의 눈은 마치 먼 과거를 돌이키는 것처럼 우수에 잠겨 있었다. 여전히 헛소리라고 생각하면서도 소년은 되물을 수밖에 없었다.

"그게 뭐였는데요?"

"증조부께서 남긴 서재에 말일세. 기사들의 모험담이 기록된 책이 있었거든. 내가 살던 세상에는 모험과 낭만이라고는 쥐뿔도 없었지만, 책 속에는 있었지. 서재에 있는 책을 죄다 읽어 버렸어. 그걸로도 모자라 남은 재산을 탕진해서 새로운 기사 소설을 사 모았다네."

듣는 사람도 없는데 마치 비밀 이야기라도 하듯, 돈키호테는 목소리를 잔뜩 죽였다가 곧 장난꾸러기 같은 미소를 지었다.

"마력을 가진 기사들이 용과 거인을 물리치고 양민들을 구하며 아름다운 반려자에게 평생을 약속하는 그런 이야기였는데, 닥치는 대로 읽고 또 읽어도 도통 질리지 않았다네. 재미없던 인생에 마치 벼락이 떨어진 것 같더군. 그러다 깨달았지."

거기까지 말한 돈키호테는 예고 없이 허리춤의 검을 뽑아 하늘로 높이 치켜들었다. 소년이 기겁하며 뒤로 물러서는 찰나 그가 호기롭게 외쳤다.

"아, 이것은 기사가 되라는 신의 계시구나! 나는

편력 기사가 되어 세상을 구하라는 사명을 타고 났구나!"

아무것도 없는 황무지에 그의 요란한 목소리가 쩌렁쩌렁 울렸다. 귀를 틀어막으며 소년이 인상을 구겼다.

"사명이요?"

"그렇지. 그래서 나는 곧장 채비했다네. 조부께서 남긴 오래된 갑옷을 걸치고, 내 키만 한 랜스를 들었다네. 찌그러진 투구를 두드려 펼치던 그 순간이 어찌나 즐겁던지. 출발하기 전에 시종도 구했어. 모든 게 다 완벽했네. 마음에 품은 여인에게 사랑을 맹세하고, 적과 맹렬히 맞서 싸웠어. 그 순간 나는 이미 기사였어."

"잠깐만요, 아까는 전쟁도 없고 마법도 없는 세상이었다면서요?"

"오, 소년이여! 그건 마음먹기 나름이라네!"

잔뜩 신바람이 난 돈키호테가 허공에 검을 휘적대며 대답했다.

"그래, 마음먹기에 달렸어. 보잘것없는 여관도 성채가 될 수 있고, 양철 냄비도 전설의 황금 투구가 될 수 있지. 그것이 전설적인 편력 기사, 돈키호테의 위대한 탄생이었다네."

다 낡아 빠진 양털을 전설의 황금 양털이라며 고

자네 이름은 산초가 좋겠다

이 모셔 갔다는 소문이나 여관을 성채라고 부르며 호들갑을 떨어 댔던 일화는 자칭 '전생'으로부터 비롯된 일인 모양이었다.

의기양양하게 이야기했지만 결국에는 이곳에서 펼치던 기행과 크게 다르지 않은 짓거리들을 해 댔다는 뜻이었다. 아니, 그의 말대로 아무도 검을 들지 않고 싸울 필요도 없는 세상을 지금과 같은 꼬락서니로 헤집고 다녔다면 지금보다 더한 광인처럼 보였겠지.

"그때의 내 눈에는 꿈과 희망, 그리고 정의밖에 보이지 않았다네! 나는 그것을 까맣게 잊어버리고 있었던 거야! 정말이지, 세상을 헛살았어! 스스로가 아주 한심해. 뒤늦게라도 깨닫게 되어서 참으로 다행스럽지 뭔가."

전생을 기억하지 못하는 상황에서도 기사에 관한 집착만은 여전했는지, 마력도 운용하지 못하는 몸으로 결국 기사단장의 자리에까지 올랐다. 그 과정이 결코 쉽지 않았을 거란 사실은, 소년도 쉽게 짐작할 수 있었다.

기사면서 마력을 사용하지 못한다는 것부터가 엄청난 악조건이었다. 바닥부터 절벽을 기어오르는 것보다 더욱 큰 고통이었을 터. 하지만 결국 그는 꿈을 이뤄 냈고 기사로서 부와 명예를 거머쥐었다. 그걸 진정 헛살았다거나 아무것도 아니었다고 치부할 수 있을까? 하지만 돈키호테에게 그런 것은 중요하지 않은 모양이었다.

"모든 것을 깨달은 나는 그때까지 모았던 거짓된 금전을 모두 보육원에 기부했다네. 갑옷과 검도 팔아 버리고, 철물점에 잠들어 있던 이 명검과 마법 갑옷을 얻었지. 아주 운이 좋았어."

자랑스레 말하며 돈키호테가 제 몸을 감싼 갑주를 툭툭 두드려 보였다.

"나는 빈털터리가 되었지만… 거짓된 금의 산과 가짜 명예를 거머쥔 것보다야 훨씬 멋지지 않나? 나는 이제야 진정한 기사가 된 걸세. 전생에는 마음을 가졌지만 진짜 기사가 되지 못했고, 이번 생에서는 기사가 되었지만, 마음을 잃어버렸지. 드디어 환골탈태로 죄악을 씻었는데, 어찌 기쁘지 않겠는가!"

그 말에서는 한 치의 거짓도 느껴지지 않았다. 소년은 정면을 보며 묵묵히 걷기만 했다. 까닭은 모르지만 어쩐지 가슴이 답답해진 탓이었다. 짧은 침묵이 흐르던 그때, 돈키호테가 문득 걸음을 멈췄다.

"오, 이런. 또 새로운 시련의 시작이로군!"
"네?"
"소년이여, 걸음을 잠시 멈추도록!"

위기를 직감한 소년이 급하게 스킬을 취소하자

자네 이름은 산초가 좋겠다

돈키호테가 검을 제대로 고쳐 쥐고 앞으로 나섰다. 그러자 두 사람이 대화에 정신이 팔린 사이 숨죽이고 접근해 온 마물들이 슬금슬금 모습을 드러냈다. 소년의 얼굴이 딱딱하게 굳어졌지만 기사 돈키호테는 전혀 물러서지 않았다.

"걱정하지 말게. 내가 지켜 줄 테니!"

"아니, 잠깐만요!"

의기양양하게 외친 돈키호테가 말고삐를 놓고 뛰쳐나갔다. 소년이 급하게 그를 붙잡아 세우려고 했지만, 그는 이미 마물의 지척에 다다른 상태였다. 그리고 뒤이어진 상황에 소년은 입을 쩍 벌릴 수밖에 없었다. 당장이라도 돈키호테를 물어뜯을 기세로 달려들던 마물의 목이 눈 깜짝할 새 베여 나간 것이다.

과연 기사단장이었다는 말은 거짓이 아닌지, 돈키호테는 순조롭게 마물들을 처치해 나갔다. 그동안 소년은 로시난테의 말고삐를 쥐고서 넋이 나간 채 그의 모습을 지켜볼 수밖에 없었다. 작열하는 황무지의 태양 아래에서, 돈키호테는 마력이나 스킬에 의지하지 않고 철저히 자신의 판단과 움직임만으로 마물들을 상대하고 있었다.

그리고 얼마 후, 결국 모든 적을 베어 낸 그가 마물들의 검은 피를 덕지덕지 묻힌 채 당당히 돌아왔다. 멍하니 선 소년에게 돈키호테는 의기양양하게 자신의 전리품을 보여 주었다.

"이것 보게. 카니스 무리 대장의 심장이라네!"

"으아악! 아직 펄떡거리잖아요!"

소년이 비명을 지르자 돈키호테가 후후 웃음을 터뜨렸다. 그의 손 위에서 마물의 심장이 꿈틀대며 움직였다.

"잘 알려지는 않았네만, 이게 아주 특효약이거든. 기운이 없을 때 먹으면 아주 그만이지. 혹시 자네도 필요하다면 나눠 주겠네. 나는 아주 조금만 필요해서 말이야."

"아니요, 싫습니다! 괜찮아요!"

불쑥 제 앞으로 들이밀어지는 심장을 보고서 소년이 기겁하며 물러섰다. 돈키호테는 아쉽다는 듯 입맛을 쩝 다시고는 펄떡대는 심장을 낡은 가죽으로 소중하게 감싸 멧돼지 고기를 넣은 자루에 같이 넣었다. 그 모습을 지켜보던 소년이 문득 말했다.

"…혹시 그게 필요해서 저랑 동행했던 거예요?"

"소년이여. 겸사겸사라는 말을 아는가? 자네를 목적지까지 데리고 가 준다는 맹세는 꼭 지킬 걸세. 카니스가 나온다는 말을 듣고서 이 황야까지 왔네만, 곤경에 처한 자네를 못 본 척하는 것 역시 기사의 도리는 아닐 테지."

결과적으로는 그 덕분에 목숨을 구했으니 딱히 그 점에 대해서 불만은 없었다. 하지만 소년은 다른

자네 이름은 산초가 좋겠다

방향으로 슬그머니 호기심이 들었다.

"어디에 쓰는 건데요?"

"외딴섬의 공주님과 이것을 꼭 구해다 주기로 약속했다네. 자네와의 여정이 끝나면 공주님께 돌아가서 이것을 진상해야지. 지금 그분은 아주 큰 곤경에 처하셔서, 이 몸의 힘을 원하신다네."

여전히 영문 모를 말투성이였다. 외딴섬의 공주는 또 뭐고, 그런 사람이 무슨 일로 펄떡대는 심장이 필요하게 된 건지는 모르겠지만 여기에서 더 캐물었다가는 또다시 이야기가 이상한 방향으로 튈 것 같아 그만두었다. 마침 돈키호테 역시 관심을 다른 곳으로 돌렸다.

"이런, 땅거미가 지는군. 오늘은 이쯤에서 야영하도록 하지. 오오, 반가운 밤하늘이여! 아름다운 달이여! 나의 여정에 휴식을 가져다주는구나!"

알아듣기 힘든 노래를 흥얼거리며 돈키호테는 능숙하게 하룻밤을 날 준비를 했다. 소년 역시 근처의 나뭇가지를 주워 모아 불을 피우고 누울 수 있는 자리를 만들기 위해 땅을 가지런하게 정리했다. 로시난테가 하루 종일 지고 다니던 돼지고기를 꺼내 불에 구우며 돈키호테가 다시 운을 뗐다.

"밤이란 참 좋지 아니한가. 달빛은 귀부인의 실크 드레스 자락처럼 나를 홀리고, 고귀하게 반짝이는 별은 언제나 길을 찾아 주지. 옛 기사들은 달을 보며 사랑 노래를 읊고는 했는데, 알고 있는가? 오, 나의 사랑이여… 어찌하여 나를 이리 애타게 하는가! 닿지 않는 그 모습은 마치 밤하늘의 달빛 같다네."

"타겠어요."

이제는 퍽 익숙해진 헛소리를 자연스럽게 넘기며 소년은 다 익은 고기를 노기사에게 건네주었다. 돈키호테가 감탄을 터뜨렸다.

"자네는 참 친절하군. 전생에 함께 다니던 나의 수족처럼. 아아, 내가 숨을 거둔 뒤에 절망에 빠지지는 않았을까…. 두고 온 자의 죄로다."

소년은 아직도 돈키호테가 늘어놓는 '전생' 이야기가 전부 다 진짜라고는 믿지 않았다. 하지만 허황된 꿈을 좇는 자 특유의 반짝이는 눈동자는 저도 모르게 그의 이야기에 호응할 수밖에 없도록 만들었다.

"죽었어요?"
"죽었네. 인간은 모두가 죽지. 나는 그 순간도 생생히 기억한다네. 달빛의 기사와 벌인 결투에서 패배했고, 그만 몸져눕고 말았지. 그러고는 침대 위에서 고요히 세상을 등졌어. 마치 가라앉는 듯한…. 그래, 침전되는 것 같았지. 분명 그때가 달도 별도 뜨지 않은 나의 가장 어두운 밤이었을 걸세."
"달빛의 기사요?"

자네 이름은 산초가 좋겠다

"그래. 아주 강인하고, 늠름하고, 한편으로는 비열하며 치사한 자였지. 나는 그자와 싸웠네. 하지만 역시 노쇠한 몸으로는 힘들더군."

고기를 한 움큼 뜯어 삼킨 돈키호테가 기름이 번들대는 입술을 휘어 장난스러운 미소를 만들었다.

"하지만, 자네. 그거 아는가?"

"뭘요?"

"말했다시피, 거기에 진짜 기사란 건 없었네. 마물도, 적군도, 괴물도 없었지. 이 몸이 절절한 사랑을 바친 그녀도 가짜였고 나 역시 가짜였으니, 그 은빛의 기사도 가짜였을 터. 다 늙은 몸으로 집을 떠나 적과 맞서 싸우던 나를 불러들이기 위한 연극이었겠지. 그래, 나는 아직도 생생하다네. 숨이 멎어 가던 무렵이 말이야."

숨이 멎어 가던 순간. 그 말인즉슨 곧 죽음을 맞이했을 때라는 말이었다. 소년은 저도 모르게 숨을 들이켰다.

"그때 내게 있던 것은 절망이었어. 내 허상이 이룰 수 없는 꿈이었다는 것을, 모든 게 가짜며 나역시 그저 미친 자에 불과하다는 것을 깨달은 순간 끔찍한 절망에 함몰되었지. 모든 희망을 잃어버리고 병상에 누워서 서서히 꺼져 갔다네. 마치다 타들어 간 초와 같았지."

다 먹은 고기의 뼈를 아무렇게나 내려놓고 밤하늘을 올려다보는 돈키호테의 눈동자는 하늘에 시리도록 박힌 별들을 가득 담고 있었다. 그 목소리에 담긴 것은 회한도, 후회도 아니었다.

"하지만 나는 결국 다시 일어나게 되었으니, 그거야말로 축복이고 환희 아니겠는가! 이 몸은 이미 별을 손에 넣었다네. 남은 것은 내 뜻대로 살아가는 것뿐이지."

돈키호테가 바라보는 것은 별과 달이 지배하는 밤하늘을 넘어선, 더 먼 곳일지도 몰랐다. 격변하는 세상에서 간신히 도망쳐 모은 재산마저 다 남에게 줘 버리고 남은 것은 늙은 육신과 나이 많은 말 한 필뿐이었으나, 그는 마치 처음부터 아무것도 잃어버린 게 없는 사람처럼 굴었다.

멀뚱멀뚱 돈키호테를 응시하던 소년은 갑작스레 그가 자신을 향해 고개를 돌리자 흠칫하고 말았다. 소년과 똑바로 눈을 마주친 돈키호테가 진지하게 말했다.

"자네, 이 몸이 부러운가? 흠모의 시선을 보내는군."
"예? 아니, 잠깐. 그럴 리가요! 차라리 동정이라면 모를까, 저는 그런 빈곤한 삶은 싫어요."
"아닐세. 나는 알 수 있다네! 내게 향하는 자네의 시선이 차차 변하고 있다는 것을. 내 이야기를 채 절반도 믿지 않으면서도 열심히 귀를 기울이는

자네 이름은 산초가 좋겠다

자세나, 자네의 꺼져 가는 샛별 같은 심란한 눈동
자가 말해 준다네. 하지만 그것은 어쩔 수 없는 일
이라네! 이 몸의 위대한 여정을 듣고서 감탄하지
않을 자는 없으니까!"

"아니라니까요!"

"하하하, 부정하지 않아도 괜찮네! 자신의 마음이
들려주는 소리에 귀를 기울이는 것 역시 아주 중
요한 일이지."

억울함과 황당함을 가득 담아 외치는 그의 목소
리가 밤하늘을 쩌렁쩌렁 울리는 가운데 돈키호테의
호쾌한 웃음소리가 뒤를 이었다. 그 소리에 자칫 다
시 마물들이 몰려들지도 몰랐지만 두 사람 다 그런
것은 전혀 신경 쓰지 않았다. 간신히 웃음을 멈춘 돈
키호테가 벌러덩 자리에 드러누웠다.

"벌써 달이 저만치 넘어갔군. 내일도 먼 여정이
될 테니 이만 눈을 붙이세. 오늘 역시 참으로 멋진
모험이었지. 그렇게 생각하지 않나?"

"됐거든요!"

괜히 부루퉁하게 대꾸한 소년은 모닥불가에 벌
러덩 누워 돈키호테에게서 등을 돌려 버렸다. 꼭 정
확히 아픈 곳을 찔린 것 같은 느낌에 어쩐지 얼굴이
화끈거렸다.

그리고 다음 날. 소년이 챙겨 온 말라비틀어진 빵
사이에 남은 고기를 끼워 구운 것으로 아침 식사를

마친 두 사람은 다시 길을 나섰다. 오늘은 쓸데없는 소리를 절대로 하지 않겠다고 다짐한 소년은 입을 꼭 다문 채 스킬을 발동해 그저 걷는 데에만 집중했다. 하지만 조용한 여정이 길게 이어지지는 못했다.

"자네의 스킬은 참 재미있군. 가야 할 곳을 알아서 찾아 준다고? 스킬의 이름이 뭐라고 했지?"
"'목표에 도달하는 자'요."
"오호, 명칭 역시 아주 아름답군. 힘이 느껴져. 자네는 장차 큰 인물이 될 걸세. 이 돈키호테가 장담하지."

돈키호테가 특유의 과장된 어조로 말하며 다시 제 가슴을 퉁, 두드렸다. 우체부 소년은 곱지 않은 눈길로 그를 흘겨보았다.

"크게 되긴 무슨. 저는 우체부일 뿐이에요. 이런 스킬이라도 있으니 일할 수 있지, 아니었으면 꼼짝없이 거리에서 빌어먹기나 했을걸요. 아니면 하루 일하고 잘리는 굴뚝 청소부나 됐겠죠. 어차피 제가 할 수 있는 일은 그 정도뿐이니까."
"약한 소리 말게. 자네의 가능성은 무궁무진하다네. 그 스킬이 증거지."
"네?"
"어느 고명한 학자 선생에게 들었는데, 스킬은 원래 인간이 가진 잠재력을 끌어내는 것이라고 하더군. 결국 원래 자네의 능력이었다는 뜻일세."

자네 이름은 산초가 좋겠다

한 손으로 로시난테의 말고삐를 쥔 채 나머지 한 손은 산만하게 휘적여 대는 모습이 어지간히도 흥분한 것 같았다. 소년은 어처구니가 없었다.

"능력이요? 길 찾는 게요?"

"자네, 그거 아는가? 인간이라면 모두 응당 잠재력을 지니고 있다네. 스킬을 각성하지 못한 이들은 아직 자신의 잠재력이 무엇인지 스스로 깨닫지 못했기 때문이라는 말이 있지."

"너무 세상을 낙관적으로만 보는 거 아니에요?"

"비관하는 것보다야 낫지 않은가."

그렇게 말하며 돈키호테는 다시 히죽, 기분 좋게 웃었다. 내리쬐는 태양에 그의 오래된 투구가 반짝였다.

"자신의 힘이 무엇인지 깨닫는 건 스킬로 해결할 수 없는 문제일세. 그리고 마찬가지로 스킬은 전지전능하지 않아. 그것이 어찌하여 이 땅에 내린 건지는 여전히 알 수 없지만, 이것 하나만큼은 확실해. 인간은 무엇이든 할 수 있는 존재야. 그러니 고작 스킬이나 마력의 유무 따위로 운명이 결정되지는 않는다는 거네."

"방금도 말했지만, 지나친 낙관론이에요."

시종일관 기분이 좋은 돈키호테와는 달리, 소년은 점점 마음이 불편해지고 있었다.

"누구에게나 한계는 있어요. 바꿀 수 있는 것보다 노력이나 근성으로도 어쩔 수 없는 게 더 많다고요. 아주아주 특출난 사람이라면 모를까. 저 같은 가난하고 무능력한 애송이가 할 수 있는 건 고작 우체부 일밖에 없어요. 큰일을 하는 사람이랑 저는 처음부터 출발선이 달라요."

과거 황제가 통치할 때도 그랬고, 각성자들이 세상을 뒤집은 후에도 소년은 우체부에 불과했다. 그저 가족들을 굶기지 않기 위해서 소포를 옮기는, 없어져도 충분히 대체 가능한 인력이었다.

"분명히 한계는 존재해. 출발선이 다른 것도 사실이지. 하지만 그래서 더욱 좋은 게 인생 아니던가. 극복할 것이 없다면 그저 고리타분하고 지겹기만 할 걸세. 모험과 낭만! 그것이야말로 인간의 심장을 뛰게 하는 원동력!"

소년의 까칠한 대답에도 돈키호테는 마치 황홀경에 취한 것처럼 주절거리다가, 이내 씨익 미소 지었다.

"그러니 자신이 만든 새장에 스스로를 가두지 말게나, 소년. 자네는 이미 훌륭한 날개를 가지지 않았는가!"
"제 스킬은 날개 따위가 아닌데요."
"아직은 접고 있으니, 그렇게 느낄 수도 있겠지. 하지만 내가 말하지 않았나! 날개는 스스로 펼치는 것이고, 길은 원래 개척하는 거라네. 지금 자네

자네 이름은 산초가 좋겠다

가 길도 없는 이 황무지에서 방향을 똑바로 찾을 수 있는 것처럼 말일세."

돈키호테가 팔을 휘휘 젓는 바람에 고삐가 당겨진 로시난테가 짜증스럽게 고개를 털어 냈다.

"길 찾는 거야 그리 대단한 능력도 아니잖아요."
"자신을 너무 얕잡아 보는군. 길에는 여러 종류가 있다네. 그리고 말은 다 해석하기 나름이지. 이런 이야기 못 들어 봤는가? 스킬은 그저 인간의 능력 중 하나로 기능하는 게 아닐세. 보이는 능력만이 끝이 아니라는 뜻이지."

로시난테의 목을 쓰다듬어 주며 돈키호테가 흥얼거리듯 질문을 던졌다.

"나를 보게. 나 역시 각성자이네만, 내 능력이 뭐라고 생각하는가?"

뜬금없는 물음에 소년은 말문이 막히고 말았다. 자연스레 그의 스킬명이 떠올랐다. '별을 쫓는 광인'이라고 했던가. 특이 사항은… 말 그대로 광인이 된 것, 혹은 전생을 떠올리게 된 것이라 말할 수 있겠지. 하지만 그걸 능력이라고 말하기에는 다소 애매한 느낌이었다.

소년이 선뜻 답하지 못하자 돈키호테가 킬킬 웃음을 터뜨렸다.

"그것 보게. 단지 이름만으로는, 그리고 눈에 보

이는 특기만으로 스킬의 한계를 정할 수는 없지. 마찬가지로 스킬의 종류로 인간의 능력을 정하는 것도 불가능하네."

"죄송한데, 도대체 무슨 말이 하고 싶으신 거예요?"

"목표에 도달하는 자. 멋진 울림 아닌가! 목표란 건 단지 길의 끝에 있는 것만은 아니지. 푸른 바다의 어느 지점이 될지도 모르고, 어쩌면 인생살이 끝에 있는 것 역시 목표라 말할 수 있지 않겠는가?"

그렇게 떠들어 대는 사이, 어느새 소년의 걸음이 멈춰 있었다. 돈키호테와의 대화에 집중하던 소년은 한 박자 늦게 그 사실을 깨달았다. 스킬을 발동 중이었으니, 소년이 해제하거나 목적지에 도달한 게 아닌 이상 다리가 멈출 일은 없었다. 그를 따라 우뚝 자리에 선 돈키호테가 쾌활하게 덧붙였다.

"그리 생각한다면, 자네가 가진 스킬은 그 누구의 것보다 멋지고 거대한 날개가 되어 주지 않겠나?"

그렇게 말하는 노기사의 어깨 너머로 허름한 집 한 채가 보였다. 아마 저기가 이번 여정의 목적지겠지. 소년이 멍하니 서 있기만 하자, 돈키호테가 그의 어깨를 툭 밀었다.

"자, 다녀오게. 일단은 이번 임무를 완수해야 하지 않겠는가. 자네의 사명이 저기에서 기다리고 있다네!"

자네 이름은 산초가 좋겠다

사명. 배달 일을 그렇게 거창히 생각해 본 적은 단한 번도 없었다. 하지만 돈키호테의 헛소리에 감응이라도 된 건지, 소년은 저도 모르게 제 몸보다도 큰우편 가방을 양손으로 꽉 쥐고 말았다. 늘 하던 것처럼 문을 두드리고 소포를 건네준 뒤 돌아오기만 하면 될 일인데도, 어쩐지 한 발을 떼는 것이 무거워졌다. 그러고 보니 국장이 아주 귀한 손님의 물건이라고 말한 것이 떠올랐다.

소년은 마른침을 꿀꺽 삼키고서 낡아 빠진 오두막을 향해 한 걸음 내디뎠다. 돈키호테는 점점 멀어지는 소년의 뒷모습을 인자한 눈으로 바라보았다. 한번 심호흡을 한 소년은 문을 두어 차례 두드렸고, 잠시 후,

"할 일 다 했으면 당장 꺼져!"

그는 소포만을 빼앗긴 뒤 곧장 내쫓기고 말았다. 쾅! 거의 내팽개쳐지듯 집 안에서 밀려난 소년의 등 뒤에서 거친 소리를 내며 문이 잠겼다.

휘이이잉. 건조한 바람이 불어닥쳤다. 마치 조롱이라도 하듯, 어디선가 날아온 마른 낙엽이 소년의 뺨을 한 대 툭 치고 지나갔다. 진한 침묵이 흐르고 소년의 손안에 남은 것은 내던지듯 건네받은 은화 몇 개뿐이었다. 그마저도 반절은 우체국장에게 건네줘야 하니, 지난 며칠 동안 황야에서 그 고생을 한 것치고는 끔찍하게도 소박한 보수였다.

"하아아…."

결국 소년은 커다랗게 한숨을 내쉬며 어깨를 축 늘어뜨렸다. 허탈했다. 하지만, 그래, 이해할 수 있었다. 저들은 대업을 꿈꾸는 각성자들이었다. 외부인인 우체부에게 함부로 오두막 안을 보여 줄 수는 없었겠지. 혹여 우체부가 적들에게 소문이라도 퍼뜨릴까 봐 급히 내쫓은 것이 분명했다.

어차피 우체부 소년은 그 정도의 위치였다. 그래도 이 돈이면 적어도 몇 주 동안은 가족을 먹일 수 있었다. 그것만을 위안 삼으며 소년은 괜히 은화 몇 개를 만지작댔다. 그때, 그를 물끄러미 지켜보던 돈키호테가 한마디를 던졌다.

"목표점에는 도달했는가, 소년?"

"네?"

"자네의 그 멋진 스킬대로, 목표에는 잘 도달했는가 물었네."

"지금 이 꼴을 보고도 그런 말이 나와요? 아."

저도 모르게 울컥한 소년은 문득 그 말의 진정한 의미를 깨달았다. 갑자기 그가 입을 꾹 다물자 돈키호테가 빙그레 미소 지었다.

"이 몸은 틀린 말을 하지 않는다네."

소년은 더욱 심란해지고 말았다. 황야의 모래바람이 휘이잉, 두 사람을 가볍게 뒤흔들고 지나갔다.

자네 이름은 산초가 좋겠다

목표. 소년의 목표는 소포를 배달하는 것, 그리고 더 나아가 자신이 벌어 오는 돈만 오매불망 기다리며 하루하루 입에 풀칠하는 가족들을 굶기지 않는 거였다.

만약 '목표에 도달하는 자'가 소포의 목적지와 소년의 마음속 목표를 동시에 좇는 거라면, 스킬은 이 은화 몇 개를 얻는 것으로 이미 목적을 모두 이룬 것과 마찬가지였다. 소년은 복잡한 눈으로 손바닥 위의 은화를 내려다보았다. 그리고 한참 뒤, 다소 잠긴 목소리로 운을 뗐다.

"마음가짐에 따라 결과가 달라진다는 건 허황된 꿈이에요."
"그렇기에 꿈이지. 하지만 손에 닿지 않는 것을 붙잡는 쾌감이야말로 그 무엇보다 값진 것 아니겠는가?"
"불가능해요. 불가능하다고요! 못 잡는 건 애초부터 손이 안 닿는 곳에 있는 거란 말이에요!"

결국 소년은 짜증을 터뜨리고 말았다. 악에 받친 외침이 황무지를 쩌렁쩌렁 울리고 돌아와 다시 소년의 귀로 파고들었다. 자신이 토해 낸 패배 선언에 그는 좀 더 비참해지고 말았다.

"불가능한 것이 아닐세. 단지 죽을 만치 힘들고, 보이지도 않을 정도로 멀리 있을 뿐이지."

돈키호테의 차분한 목소리가 들렸다.

"물론 누구나 성공한다고 보장할 수는 없네. 우체부 일도 그렇잖은가. 위험한 지역으로 소포를 옮기는 도중 마물에게 당해 죽을 수도 있고, 갑자기 강도를 만날 수도 있지. 아니면 가는 길이 너무 멀어서 가다가 객사할지도 모르네. 목표를 좇는다는 것은 원래 그런 것이지."

소년은 입을 꾹 다물고 돈키호테를 물끄러미 응시했다. 눈을 마주친 돈키호테가 이제는 제법 익숙한 장난스러운 미소를 그려 냈다.

"하지만 자네에게는 목표에 반드시 도달할 수 있는 스킬이 있으니. 가는 길의 고통을 감내하기만 한다면 분명히 언젠가는 자네가 바라던 자리에 서 있을 수 있겠지. 그러니 어찌 멋진 날개가 아닌가?"

늙은 기사가 말고삐마저 놓아 버리고 양팔을 활짝 벌렸다. 그러고는 마치 세상에 선언하듯 외쳤다.

"나의 별은 하늘에 떠 있는 것이 아니야. 이 광인, 돈키호테가 좇는 별은 더욱 반짝이고 값진 것일세. 바로 나의 어리석고 바보 같은 꿈과 희망이지. 그렇기에 나는 돈키호테로서 존재할 수 있네!"

소년은 홀리기라도 한 것처럼 멍하니 돈키호테를 보았다. 노기사의 두 눈은 마치 저 하늘의 별처럼 반짝이고 있었다. 곁에서 로시난테가 다시 한번 못마

자네 이름은 산초가 좋겠다

땅하게 푸르륵, 소리를 내는 순간, 어느새 앞에 선 돈키호테가 소년의 가슴을 쿡 찔렀다.

"자네의 목표는 어디인가? 자네는 어디든 갈 수 있다네."
"나는…."

입술을 달싹이던 소년이 간신히 운을 뗐다. 글쎄, 일단은 우체국에서 잘리지 않고 돈을 벌어 가족들을 먹여 살리는 것이 가장 먼저 떠올랐지만, 곧 고개를 저었다. 그래, 정말로 그의 스킬이 그런 거라면, 무엇이든 가능할지도 몰랐다. 일확천금을 얻어 부자가 된다거나…. 그러면 가족들이 더 편하게 살 수 있을 것이다.

'아니야.'

하지만 소년은 곧 생각을 바꿨다. 술에 빠져 툭하면 손찌검해 대는 부친과 할 줄 아는 것이라고는 기도뿐인 모친, 늘 불평불만인 동생. 사실은 꼴도 보기 싫었다. 본인 좋을 대로 험한 말을 지껄이며 사람을 깔보는 우체국장의 면상에는 주먹을 한 방 갈겨 주고 싶었고.

소년은 '우체부 소년' 이외의 존재가 되어 자유롭게 떠나고 싶었다. 아등바등 사는 것에는 질릴 대로 질렸으니 목적지가 어디인지도 모르는 채 그저 바람을 따라다니는 자유로운 삶. 그러면서 터무니없

는 모험을 하고, 많은 것을 눈에 담으며 살아가는 것
도 나쁘지 않을 것 같았다.

그런 생각을 하다 퍼뜩 정신을 차리고 보니, 돈키
호테는 이미 로시난테를 끌고서 저만치 앞서 나가
고 있었다. 소년은 후다닥 뒤를 따라갔다.

"잠깐만요, 같이 가요!"

"내가 자네를 두고 갈 리 있겠는가? 성문 앞까지
책임지고 지켜 주겠네. 이 몸도 어차피 그쪽으로
가는 길이었거든."

돈키호테가 시치미를 뚝 떼며 뻔뻔하게 말했다.
그를 곱지 않은 눈으로 흘겨본 소년이 한숨을 푹 내
쉬었다.

"어디로 가시는데요?"

"내게 카니스의 심장을 부탁한 공주님께 가야지.
황금 양털을 얻어다 드렸을 때도 아주 눈부신 미
소를 보여 주셨으니, 이번에도 분명히 크게 기뻐
하실 터. 그야말로 일확천금보다 값진 대가지."

"황금 양털… 아."

그러고 보니 양치기에게서 못 쓰는 양털을 얻어
갔다고 들었다. 소년은 문득 궁금증이 들었다.

"그러고 보니 어디에다 쓰는 건데요? 카니스의
심장이야 약재라지만, 양털은 시장 어디를 가도
쉽게 구할 수 있잖아요."

자네 이름은 산초가 좋겠다

"그냥 양털이 아니라 황금 양털이라네! 그것은 이미 제 쓰임을 다하고 있어. 사랑스러운 공주님의 충직한 심복의 몸을 따스하게 품어 주고 있으니까. 아마 카니스의 심장을 먹인다면 금세 기운을 차릴 걸세."

여전히 뜬구름 잡는 소리만 이어지자 소년이 미간을 좁혔다. 그의 말뜻을 이해해 보려는 작은 노력에, 돈키호테는 껄껄 웃음을 터뜨렸다.

"내게 기사 서품을 내려 준 성채의 공주님이 네발 달린 강직한 수하를 거느리시거든. 그가 얼마 전부터 시름시름 앓아서, 공주님의 걱정이 이만저만이 아니지. 하지만 성주님께서는 그 수하를 썩 달가워하시지 않아 약값을 대 주지 않으신다더군. 그래서 이 몸이 나선 거라네!"
"네발 달린 수하… 아아아!"

그제야 소년은 앞뒤 사정을 모두 이해할 수 있었다. 돈키호테가 억지를 부려 엉터리 기사 서품을 받은 곳은 어느 여관이었다. 공주님은 아마 여관 주인의 딸일 테고, 그 수하라는 건 아마도….

"여관 주인 딸이 키우는 개 때문에 여기까지 온 거예요? 양털은 아픈 개의 집에 깔아 주려고 얻어 간 거고?"
"하하하! 혹자는 그렇게도 말할 수 있겠군."
"그렇게도 말할 수 있는 게 아니라, 그게 사실이

잖아요!"

소년이 황당해하며 소리쳤지만 돈키호테는 그저 껄껄 웃더니 이내 화제를 돌려 버렸다.

"그나저나 자네는 함자가 어찌 되는가? 이때까지 함께 여행하면서 그조차도 묻지 않았군."
"네? 제 이름이요? 저는⋯."

얼떨결에 순순히 대답해 주려던 소년의 목소리는 이내 돈키호테가 터뜨린 탄성에 완전히 묻혀 버리고 말았다.

"그래! 자네 이름은 산초가 좋겠다! 전생에서 나의 가장 충직했던 시종의 이름이지. 자네는 지금부터 산초일세."
"아니, 사람 말을 좀 들으세요! 제 이름은 산초 같은 게 아니라!"
"가세, 산초! 달려라, 로시난테! 우하하하하! 새로운 모험을 향해!"

돈키호테는 아무 말도 들어 줄 생각이 없어 보였다. 제 신명에 겨워 냅다 로시난테의 등 위에 올라 달리기 시작하는 그의 뒤꽁무니를, 졸지에 산초라 명명된 우체부 소년은 죽어라 뒤쫓을 수밖에 없었다.

새로운 모험을 향한 첫 번째 발걸음치고는 지나치게 우스꽝스러운 광경이었다.

자네 이름은 산초가 좋겠다

*

우체부 소년은 잘못 걸렸음을 인지했다. 그의 이야기는 한번 시작되면 좀처럼 멈추는 법이 없었다. 경험상 그것을 아주 잘 알고 있는 소년은 번듯한 책상 앞에 서서 멍하니 벽지의 무늬를 세기 시작했다. 그래도 이곳에서 시간을 지체했다고 털어놓으면, 아마 국장도 크게 화내지는 않을 것이다.

다른 게 아니라, 우체국 국장은 이 괴짜 노인의 엄청난 추종자였다. 국장은 이따금 술이 들어가면 마치 자신의 이야기라도 되는 것처럼 그의 일대기를 마구 떠들어 대곤 했다. 덕분에 우체부 소년은 낡아빠진 갑옷을 걸친 기이한 기사 이야기를 몇 번이고 들어야만 했다.

"이런, 지루해 보이는군."

딴청을 부리는 소년의 기색을 알아차렸는지, 노인이 너털웃음을 터뜨렸다. 소년이 화들짝 놀라 두 손을 내저었다.

"아니, 아닙니다! 경청하고 있습니다."

"무리하지 말게. 예나 지금이나 우체부들은 언제나 바쁘지."

"바쁜 건 맞지만 그래도 이런 시간은 언제나 환영입니다. 이럴 때가 아니면 한숨 돌릴 틈도 없으니까요."

황급히 덧붙이며 우체부 소년이 머쓱하게 미소 지었다. 이건 거짓말이 아니었다. 어차피 우체국으로 돌아가면 다음 우편물들이 기다리고 있었고, 집으로 돌아가면 늘 취해 있는 어머니와 신세 한탄하는 아버지, 그리고 취직도 못 해 집에 처박혀 있는 한심한 형이 푹푹 내쉬는 한숨 소리만 들릴 뿐이었다.

그 꼴을 볼 바에야 세상에서 제일 돈 많은 노인의 환담에 어울려 주는 쪽이 훨씬 더 이득이었다. 우체부 소년의 마음을 짐작한 듯 노인이 피식 웃음 지었다.

"삶은 언제나 팍팍하지. 그 늙은 기사에게도 그랬을 테고, 나도 그랬고, 자네에게도 그럴 거야. 힘내라는 말은 못 하겠군. 나는 꽤 염세적인 사람이라."
"염세적이라고 말씀하시지만, 어르신은 언제나 도전적이셨잖아요."

우체부 소년은 약간의 존경과 부러움을 담아 그렇게 말했다. 그러자 노인이 익살스럽게 양손을 드는 시늉을 했다.

"내가? 천만에!"
"하지만 어르신은…."
"나는 도전적인 사람도 아니고, 낭만주의자도 아니라네. 욕심쟁이에다 겁도 많고, 결국에는 세속적인 것에서 눈을 떼지 못했지."

푹신한 의자에 몸을 편안하게 기댄 노인이 담배에 불을 붙였다. 숨을 깊게 들이쉬었다가 내쉬는 그

자네 이름은 산초가 좋겠다

의 호흡에 따라 뭉게구름 같은 연기가 피어올랐다.
소년에게 담배 연기가 닿지 않도록 손을 휘휘 내저
은 노인이 덧붙였다.

"이 무거운 몸뚱이가 아직 이 멋없는 곳에 발을
붙이고 있으니, 말 다 한 것 아닌가?"
"멋이 없다니요! 우리 국장님이 들으시면 기절할
말씀을 하십니다!"

소년이 곧장 펄쩍 뛰었다. 그 반응이 재미있는지
노인이 껄껄 웃음을 터뜨렸다.

"하지만 사실이지. 다들 나를 과대평가하더군. 하
지만 그거 아나, 소년? 나는 그날 괴짜 기사를 따
라가지 못했다네. 아무리 생각해도 우체국장에게
불벼락 맞을 것이 두려웠거든."
"…진짜요?"

여기서부터는 처음 듣는 이야기였다. 비쩍 마른
소년이 눈을 끔뻑이자 노인이 고개를 끄덕였다.

"진짜지, 그럼. 성문 앞에서 늙은 기사와 헤어지
고, 나는 다시 우체국으로 돌아갔네. 하하, 그 고
생을 하고 받은 보수가 얼마나 짜던지. 진심으로
국장의 얼굴에 주먹을 꽂아 주고 싶었어."

노인이 농담처럼 덧붙인 말에 소년이 쓰게 웃으
며 고개를 끄덕였다. 어쩐지 그 심정을 이해할 수 있
을 것 같았다. 담배를 한 모금 깊이 빨아들인 노인이

한숨처럼 천천히 연기를 뿜어냈다.

"그마저도 돌아가자마자 아버지에게 다 빼앗겼지 뭔가. 한심한 일이지."

"아….."

마치 제 일이라도 된 듯 소년이 속상한 마음에 눈썹을 휘었다. 손을 흔들어 담배 연기를 흩어 버린 노인이 말을 이었다.

"그날, 어찌나 분하던지. 퀴퀴한 냄새가 나는 이불을 뒤집어쓰고 울었어. 그러면서 생각했다네. 지금이라도 집에서 뛰쳐나가야 하나? 돈 될 만한 것들을 모두 훔쳐서 달아나면 어떨까."

"그래서 어떻게 하셨는데요?"

아까와는 달리 우체부 소년은 제법 이야기에 흥미가 생긴 눈치였다. 노인은 빙그레 미소 짓고는 엉뚱한 질문을 던졌다.

"자네는 스킬이 있나?"

"네? 네. 하지만 별로 도움은 안 되는 거라….."

소년이 얼떨떨하게 고개를 끄덕였다. 노인은 상체를 숙이고 눈을 반짝였다.

"그래? 어떤 거지?"

"그…'희미하게 밝히는 빛'이라는 건데…. 작은 랜턴 같은 거예요. 정말 한 치 앞 정도만 밝힐 수 있어요. 별 도움은 안 되더라고요."

자네 이름은 산초가 좋겠다

잠시 우물거리던 소년이 순순히 답을 내어 주었다. 그러자 노인이 책상을 소리 나게 탁, 한 번 내리쳤다.

"멋지군. 자네도 날개를 가졌어."
"네? 하지만 방금 말씀드렸잖아요. 별로 쓸데도 없고, 가끔 정전될 때나 쓰는 정도인걸요."
"그거 아나, 소년?"

소년과 눈을 마주친 노인이 주름진 입매를 휘어 빙그레 사람 좋은 미소를 만들었다.

"스킬은 본인의 잠재력이 능력으로 나타나는 것이라네."

우체부 소년은 퍼뜩 대답하지 못했다. 각성자가 등장한 지 50년이 다 되어 가는 현재, 아직도 시스템과 스킬의 비밀은 전혀 밝혀지지 않은 상태였다. 하지만 이따금 낭만주의자들이 그런 말을 주워섬기고는 했다. 모든 사람은 잠재력이 있으니, 곧 모두가 예비 각성자와 다를 바가 없다고.

"자네는 인생의 가장 깊은 구렁텅이에 빠졌을 때조차 빛을 잃어버리지 않겠군. 때로는 누군가의 길잡이도 되어 줄 수 있겠고, 어둠 속에서 운 좋게 마주칠 수 있는 현자가 될지도 몰라. 멋진 일 아닌가?"
"설마요…."

소년이 회의적으로 대답했다. 노인은 다정한 눈

으로 소년을 가만히 바라보았다.

"나는 지저분한 이불 속에서 깨달았지. 이 집에는 돈 될 만한 것이 전혀 없어. 게다가 도망친다고 한들, 사정은 지금과 달라지지 않을 게 분명했네. 나는 돈키호테 같은 사람이 아니고, 자유를 갈망하면서도 동시에 욕심이 많았거든."

노인의 어조는 마치 콧노래를 흥얼거리는 것 같았다.

"그때, 기사의 말이 떠올랐네. 목표점은 정하기 나름이라는 것. 내 스킬은 '목표에 도달하는 자'이니, 어디든 갈 수 있다는 그 허무맹랑한 말을 믿어보기로 한 걸세."
"그래서… 스킬을 사용하셨어요?"

궁금증을 이기지 못한 소년이 재우쳐 물었다. 노인이 천천히 고개를 끄덕였다.

"하지만 도대체 목표를 어디에 둬야 할지 몰랐어. 사실 그렇지. 내가 뭘 원하는지도 정확히 몰랐으니까."

어린 소년에게 세상은 너무 넓고 동시에 험악했다. 많은 것이 급변할 때였고, 사실 그 점은 지금도 달라지지 않았다. 어리고 서툰 존재에게 세상은 상냥하지 않았다. 그렇다고 나이를 먹는다고 해서 뭔가를 더 알게 되는 것도 아니었다.

자네 이름은 산초가 좋겠다

"내가 진정 원하는 게 무엇인가. 나는 안정된 길을 바랐고, 동시에 개척하고 싶었어. 자유를 원하면서도 한편으로는 터를 잡고 싶었지. 돈을 많이 가지고 싶었지만, 그것에 속박되고 싶지는 않았다네. 모순적이지 않나?"

소년은 실례인 줄 알면서도 멍하니 고개를 끄덕였다. 그 솔직한 대답에 노인이 다시 작게 웃음을 터뜨렸다.

"하지만, 알 게 뭔가. 그때 나는 절박했고, 비참했다네. 그 상태로 스킬을 발동해 버렸어."
"네에?"

놀란 목소리가 저절로 튀어나왔다. 그러자 노인이 익살스럽게 어깨를 으쓱해 보였다.

"뚜렷한 목적지 따위는 정하지도 않았다네. 하지만 분명 어딘가에는 자신이 만족할 수 있는 세상이 있을 거라 막연하게 생각했을 뿐이지. 그래서 어떻게 됐을 것 같은가?"
"…글쎄요…."

소년이 입 안에서 우물거렸다. 눈동자를 데굴데굴 굴리다가 다시 고개를 들어 노인을 마주 보았다. 인심 좋고, 선행을 많이 베풀며 소탈하기까지 한 노인은 이미 세상에서 제일가는 부자였다. 그러니 이미 목표를 이룬 것이라 말해도 이상하지 않을 터였다.

소년이 막 그렇게 대답하려는 찰나, 노인이 먼저 입을 열었다.

"내 스킬은 아직 해제되지 않았네."

노인의 스킬은 목표점에 도달하는 순간 해제된다. 하지만 그게 아직도 발동 중이라는 것은, 노인은 아직 원하는 지점에 다다르지 못했다는 뜻이었다.

"진짜요?"
"진짜로."

소년이 놀란 토끼처럼 눈을 동그랗게 떴다. 노인은 소년에게 애정 어린 눈길을 보냈다. 그 옛날, 돈키호테가 황야에서 그를 바라보았을 때처럼. 소년이 멍하니 자신을 바라보기만 하자 노인이 천천히 말을 이었다.

"안정된 길을 원해서 철도를 깔았네. 그리고 멀리까지 달릴 수 있는 열차를 만들었지. 이제 어디든 갈 수 있는 세상이 되었어. 안 그런가?"

드넓고 거친 세상에 모두가 따라갈 수 있는 철길을 놓고, 그 위에 빠른 속도로 질주하는 열차를 풀어놓았다. 그러나 아직도 그의 여정은 끝나지 않았다.

"그리고 나는 부자가 되었다네. 이제는 따라올 자가 없지. 그래도 뭔가 부족하단 말일세. 과연 어디까지 뻗어 나갈 수 있을까. 어디가 내 목적지일까? 대륙 끝까지 철길을 놓는다면 내 스킬을 만족

자네 이름은 산초가 좋겠다

시킬 수 있을까.”

소년에게 들려주던 옛날이야기는 어느새 노인의 혼잣말처럼 변해 있었다. 노인의 심유한 눈동자는 여전히 소년에게 닿아 있었지만, 마치 먼 곳을 바라보는 것처럼 초점이 약간 엇나가 있었다. 그의 시선이 향하는 곳이 어디인지 소년은 문득 궁금해졌지만, 굳이 입을 열어 의문을 드러내지는 않았다. 대신 길어지는 침묵 속에서 혼자 상상의 나래를 펼쳐 보았다.

어쩌면 그는 모든 것을 훌훌 털고 자유롭게 떠나기를 원하는 걸지도 몰랐다. 옛날 그가 만났다는 별난 기사처럼. 하지만 확신할 수 없었다. 노인은 자신이 돈키호테 같은 사람이 아니라고 단언했으니까.

점점 연장되는 정적이 슬슬 불편했다. 슬그머니 노인의 눈치를 보던 소년은 눈을 동그랗게 떴다. 노인의 눈동자에서 천천히 안개가 걷히기 시작한 것이다. 갑자기 눈을 동그랗게 뜬 노인의 얼굴에 환한 미소가 번졌다.

“그래! 그게 좋겠군. 하늘로 가는 거야!”
“네?”

자리에서 벌떡 일어난 노인이 어린아이 같은 초롱초롱한 눈으로 손가락을 들어 천장 너머를 가리켰다.

"아직 인류가 가 보지 못한 곳이 있잖은가! 저 위 말일세!"

소년이 기함했다.

"하늘이요? 하늘을 어떻게 가요?"

"새처럼 날아서 가면 되겠지. 하하! 하늘을 나는 각성자를 본 적 있는가? 난 아직 본 적 없다네! 내가 최초가 되면 되겠군. 안 그런가?"

껄껄 호탕하게 웃음을 터뜨린 노인이 담배를 비벼 끄곤 책상을 양손으로 쾅 내려쳤다.

"자네, 들어 보게! 멋지지 않은가? 산초 철도 주식회사에서, 이제는 산초 비행 및 철도 주식회사가 되는 걸세!"

하늘을 날다니. 투자자들이 들으면 발칵 뒤집어질 소리였다. 오늘은 진짜 제대로 잘못 걸린 게 확실하다고, 소년은 생각했다. 하지만 듣는 사람의 반응이 어떻든, 괴짜 노인은 아랑곳하지 않았다.

소년은 아연한 눈으로 그를 바라보았다. 하늘을 날아오르는 순간, '목표에 도달하는 자'는 멈출까? 딱히 그럴 것 같지도 않았다. 하늘을 날게 된다면 저 노인은 달에 손을 뻗어 보겠다고 말할 게 분명했다. 계속 이런 식이라면 스킬이 만족하는 날은 영원히 오지 않을지도 몰랐다. 하지만 그것도 노인에게 나쁜 일은 아닐 것이다. 누가 뭐래도, 그는 아주 즐거

자네 이름은 산초가 좋겠다

워 보였으니까.

"굉장한 발상이 떠올랐는데, 잠깐 시간 어떤가! 내 이야기를 들어 주게!"

"그으… 죄송하지만, 제가 아직 배달이 남아서요."

노인이 눈을 반짝이며 외치는 말에 소년은 슬그머니 뒤로 몸을 뺐다. 자칫하다가는 해가 질 때까지 이 터무니없는 사업 구상에 대해 들어야 할 판이라는 걸 직감한 탓이었다.

사장님이나 선생님보다 어르신이라는 소탈한 호칭으로 불리는 것을 더욱 선호하는 산초 철도 주식회사의 이 설립자는, 이따금 지나치게 충동적이고, 엉뚱한 면이 있었다.

"안녕히 계세요! 다음에 뵙겠습니다!"

눈치를 보던 소년은 급하게 고개를 푹 숙이고는 도망쳐 버렸다. 혹시나 붙잡히기라도 할세라 후다닥 복도를 가로지르는 우체부 소년의 등 뒤로 노인의 호탕한 웃음소리가 뒤따랐다.

어느 신사의
끝나지 않는 모험

The
Quest Tower

'탑'의 1층 초입에 위치한 중립 구역은 이 땅에서 가장 살기 편하고 안전한 곳이었다. 분쟁은 철저히 금지되고 몬스터도 나타나지 않는 덕에 사람들은 안정적인 생활을 영위할 수 있었다.

중립 구역 밖에는 험난한 던전이 존재했고, 환경 역시 사람이 살기에 썩 좋지만은 않았다. 그러니 아무 사건도 일어나지 않고 평화롭기만 한 1층 중립 구역에 사람들이 모여드는 것은 당연했다. 그중에서도 중립 구역의 가장 중앙에 있는 도시는 세상에서 가장 부유한 이들만이 거주하는 공간이었다.

젊은 시절 던전 탐색에 몸을 바치다 퇴역한 헌터, 상인, 은행장, 전직 항해사 등등, 원하는 것을 모두 손에 넣고 원하는 것을 전부 성취한 이들은 느긋하고 우아한 일생을 보내기 위해 중앙 도시로 모여들었다.

어느 신사의 끝나지 않는 모험

거기에 필리어스 포그 경이 살고 있었다.

중앙 도시의 가장 번화가에는 리폼 클럽이 있는데, 이곳은 도시의 신사 중에서도 가장 우아한 이들만이 드나드는 격조 높은 클럽으로, 필리어스 포그 역시 이곳의 회원이었다.

그는 리폼 클럽에서 제일가는 수수께끼의 인물로 말수가 적었고, 과거에 무슨 일을 했는지, 어떤 스킬을 가졌는지, 돈을 어떻게 모았는지 등등 아무것도 알려지지 않았다.

가늠할 수 없을 정도로 돈이 많고 누구나 돌아볼 정도로 잘생겼으며 나이를 예측하기 어려웠고 이상할 정도로 박학다식했다. 기부도 많이 했지만, 결코 자랑하지 않았다. 사람들이 아는 것은 그게 전부였다.

그는 정확한 것을 좋아했다. 언제나 같은 보폭으로 걸었고, 늘 똑같은 시간에 클럽에 도착해 언제나 같은 자리에 앉아 카드 게임을 즐기고 식사를 했다. 클럽을 떠날 때도 늘 같은 시간, 분, 초에 자리에서 일어났다.

포그의 저택에는 단 한 명의 하인이 있었는데, 포그는 하인에게 언제나 정확하게 움직일 것을 요구했다. 10월 2일, 필리어스 포그는 면도할 때 사용하는 물을 30도가 아닌 29도로 데워 왔다는 이유로 하인을 해고했다. 그다음에 고용된 하인이 바로 장 파스파르투였다.

장 파스파르투는 탑 외부에서 온갖 일을 해 온 사람이었다. 특출난 스킬은 없었지만 잡다한 스테이터스가 높아서 헌터는 물론이고 소방관, 체육 교사, 건설 현장 노동자 등등의 일을 거쳐 왔다. 하지만 이제는 정착하고 싶은 마음에 가장 부자들이 사는 도시에, 가장 규칙적인 신사라고 소문난 필리어스 포그의 저택에 하인으로 취직하게 되었다.

처음 장 파스파르투는 분, 초 단위로 쪼개진 일정표를 보고서 뛸 듯이 기뻐했다. 정착할 곳을 찾고 있던 그는 이곳이야말로 자신이 꿈에 그리던 직장임을 확신했다. 이 수수께끼의 신사와 함께 모험이나 방랑 따위는 거들떠보지 않는, 평화로운 일상을 영위할 생각에 마음이 굉장히 들뜨기도 했다.

하지만 바로 지금, 장 파스파르투는….

"주인어른? 저 괜찮은 거 맞겠죠?"

던전 가장 깊은 곳을 차지한 넝쿨 괴물에게 발목이 잡힌 채 거꾸로 매달려 소리나 내지르는 처지가 되었다. 먼발치에서 지켜보던 필리어스 포그가 무덤덤하게 대답했다.

"괜찮으니 조금만 버티게."
"주인어른! 저, 점점 머리가 아파지는데요?"

얼굴이 시뻘게진 장 파스파르투가 절규했다. 외출이라고는 고작 클럽에 드나드는 게 다인 신사를

어느 신사의 끝나지 않는 모험

모시면서, 편안하게 생활할 수 있으리라 기대했던 그가 어찌하여 던전 깊숙한 곳에서 이 고생을 하게 되었냐 하면, 필리어스 포그 경이 리폼 클럽에서 시작한 작은 내기 때문이었다.

*

이 모든 일은 한 신사가 뜬금없이 던진 한마디로 시작되었다.

"혹시 여러분은 그 소문을 들으셨습니까? 신문에서 읽었는데, 이 탑의 모든 던전을 돌고 꼭대기 층까지 가면 아주 신묘한 존재와 마주할 수 있다고 합니다."

언제나처럼, 필리어스 포그와 신사들이 리폼 클럽의 테이블에 모여 앉아 카드 게임을 하던 때였다. 은행장이 갑자기 꺼낸 말에 퇴역 헌터가 의아하게 물었다.

"신묘한 존재라니. 새로운 던전이라도 발견되었다는 뜻입니까?"

"아니요, 해당 조건을 충족하면 꼭대기 층에 새로운 구역이 열린다고 합니다."

"그저 헛소문 아닙니까? 탑 내부의 던전은 전부 공략된 지 오래인데요. 지금 와서 신묘한 존재라는 것이 나타날까요?"

퇴역 헌터가 회의적으로 말하자 이번에는 사업가가 대화에 끼어들었다.

"하지만 시스템이라는 건 언제나 변덕스럽고, 복잡하니까요. 아직 밝히지 못한 것들도 남아 있을지 모릅니다. 뭐든 확언할 수 없는 게 이 세상 아니겠습니까?"

"신문에 따르면, 80일 안에 1층부터 주요 던전을 모두 돌고 꼭대기 층의 생명나무로 향하는 게 조건인 듯싶습니다. 아직 헌터 업계에서는 뜬소문 취급하는 것 같긴 하지만요."

어느새 카드 게임은 슬그머니 신사들의 관심 밖으로 밀려나 있었다. 테이블 위에 엉뚱한 카드를 내밀며 은행장이 대답했다.

"하지만 공신력 있는 언론에서도 발표한 내용이니 어느 정도는 신빙성이 있을 겁니다. 히든 던전은 그리 드문 것도 아니니까요."

"신묘한 것이라는 게, 히든 던전을 말하는 걸까요? 뭔가 어감상으로는 좀 더, 신화적인 존재에 가까울 것 같습니다만."

"신묘하다는 표현은 어디까지나 주관적인 기준일 수밖에 없으니까요. 특정 조건을 갖춰야만 드러나는 히든 던전은 지금까지도 얼마든지 있었고, 그런 곳은 공략을 완료하면 엄청난 보상이 쏟아져 나오지요. 그 비슷한 맥락이라고 생각합니다."

어느 신사의 끝나지 않는 모험

"그렇지요. 탑의 던전을 모두 돈 뒤 최상층의 생명나무까지 가야 한다라…. 그게 사실이라 하더라도 검증할 방법은 없겠군요. 불가능한 일입니다."

"아니, 어쩌면 가능할지도 모릅니다. 최근에는 던전 탐사와 공략 기술이 크게 발전했으니까요."

"너무 무모한 짓 아닙니까? 정해진 기간 안에 던전을 모두 도는 것이 가능했더라면 이미 수십 명의 헌터가 도전했을 겁니다."

"아직 조건이 알려진 지 얼마 되지 않았으니까요. 누군가가 도전만 한다면 금방 검증될 일 아닐까요?"

"아무리 기술이 발달했다지만, 그렇다고 해서 던전이 안전한 구역은 아닙니다. 그걸 짧은 기간 안에 모두 돌다가는 분명히 목숨을 잃을 겁니다."

이제 카드 게임은 완전히 관심 밖으로 밀려나고, 신사들은 '정해진 기간 안에 탑의 모든 던전을 돌수 있느냐'의 여부에 대해 본격적으로 토론하기 시작했다. 하지만 좀처럼 의견이 좁혀지지 않고 슬슬 분위기가 험악해지려던 찰나, 유난히도 차분한 목소리가 불쑥 끼어들었다.

"세상에는 아직 정체를 알 수 없는 것들이 많습니다."

지금껏 묵묵히 있던 필리어스 포그였다. 소란스럽던 좌중이 한순간에 조용해지더니, 그 자리에 있는 모든 신사들의 시선이 그에게 모였다. 하지만 필리어스 포그는 담담히 덧붙일 뿐이었다.

"해리슨 은행장님. 당신 차례입니다. 그리고 탐색하는 게 불가능하지도 않을 겁니다. 말씀하신 대로 던전 탐색 기술이 크게 발전했고, 적절한 동선으로 탐색하면 기간을 맞추는 것도 가능하겠지요."

"…물론 그렇지만, 아무래도 힘들지 않겠습니까? 모든 던전의 가장 깊은 곳까지 도달해야 인정된다고 합니다. 아무리 숙련된 헌터라도 힘든 일입니다."

"가능할 겁니다. 저층의 던전들은 크게 위험하지 않고, 고층의 던전들도 이미 대부분 정보가 공개되어 있으니까요. 요령만 있으면 충분할 겁니다."

잠시 멍하니 있던 은행장이 퍼뜩 정신을 차리고서 반박했지만, 필리어스 포그는 뜻을 전혀 굽히지 않았다. 은행장이 얼떨결에 카드를 뽑는 사이, 퇴역 헌터가 말했다.

"물론 가능이야 하겠지만, 있을지 없을지도 모르는 보상을 노리고 목숨을 거는 사람이 있겠습니까?"

"보상 역시 있을 겁니다. 그것이 어떤 형태일지는 추측할 수 없겠지만 분명 존재는 할 겁니다. 이런 식의 소문은 시스템 측에서 흘리는 경우가 종종 있습니다. 젊은 헌터들이 헛소문 취급한다는 것을 보아하니, 아직 소문의 시발점이 밝혀지지 않은 것 같습니다만. 맞습니까?"

어느 신사의 끝나지 않는 모험

"예에… 그렇습니다."

"그런데 신문에까지 보도되었다면, 정보의 출처가 시스템일 확률이 더욱 커집니다. 신문사에는 정보 수집 관련 스킬을 가진 이들이 근무하는데, 이따금 시스템이 그들에게 간섭해 직접 정보를 흘리는 경우가 있으니까요."

"하지만 그것도 세상이 혼란스러울 때나 있던 일 아닙니까?"

"지금도 세상은 혼란스럽습니다."

짧게 대답하며, 필리어스 포그는 다시 자신의 카드를 내어놓았다. 하지만 이제 신사들 중 카드에 관심을 두는 사람은 아무도 없었다.

"포그 씨는 그러면 소문이 사실이고, 실제로도 실현이 가능할 거라 여기시는 겁니까?"

"네, 그렇습니다. 믿기 힘드시다면 검증해 보는 것도 가능하겠지요."

"검증한다고요? 직접 던전들을 돌아본다는 말입니까?"

"그렇습니다."

"말도 안 됩니다. 포그 씨가 말한 대로 그게 진짜 시스템이 흘린 정보라 하더라도, 정해진 기간 안에 던전을 모두 도는 것은 불가능합니다. 이곳저곳에 흩어진 던전을 모두 돌려면 상당한 시간을 투자해야 합니다."

"게다가 탑 내부는 치안도 좋지 않아서 강도나 현상 수배범을 맞닥뜨릴 수도 있고요. 그 모든 변수를 고려한다면 80일 만의 일주는 불가능합니다."

퇴역 헌터의 말에 전직 항해사가 첨언했다. 하지만 필리어스 포그는 뜻을 꺾지 않았다.

"아니요. 가능합니다. 최단 루트를 타면 할 수 있습니다."
"불가능해요. 던전에서 산전수전을 모두 겪어 본 제가 장담합니다."
"가능합니다. 함께 가시겠습니까?"
"거절하겠습니다!"

필리어스 포그의 고집에 흥분한 전직 헌터가 벌떡 자리에서 일어났다.

"목숨을 버리는 짓 따위는 하고 싶지 않습니다. 하지만, 그래요. 던전을 다 도는 게 불가능하다는 것에 4000골드를 걸겠습니다."

흥분한 퇴역 헌터가 충동적으로 내뱉었다. 필리어스 포그는 카드에서 시선을 떼고 고개를 들어 무심한 시선으로 퇴역 헌터를 올려다보았다.

"그렇다면 내기해 볼까요."
"예?"

설마 그런 반응이 돌아올 줄은 몰랐던지 퇴역 헌터가 얼빠진 목소리를 냈다. 다른 신사들 역시 마찬

어느 신사의 끝나지 않는 모험

가지였다. 필리어스 포그는 자신의 패를 테이블 위에 내려놓고 차분하게 말을 이었다.

"해리슨 은행장의 은행 계좌에 2만 골드가 있습니다. 저는 그 돈을 걸겠습니다."
"허, 진심이오?"
"물론 진심입니다. 저는 농담하지 않습니다. 시스템이 정한 기간인 80일 안에 던전을 모두 일주하고, 그 신묘한 존재…, 혹은 보상이 무엇인지 확인한다는 것에 2만 골드를 걸겠습니다. 수락하시겠습니까?"
"…좋습니다."

잠깐 망설이던 퇴역 헌터가 이내 굳은 얼굴로 고개를 끄덕였다.

"그렇다면 나도 불가능하다는 쪽에 똑같이 4000 골드를 걸겠습니다."
"저도 함께해도 괜찮겠습니까?"

눈치를 보던 다른 신사들 역시 슬그머니 내기에 끼어들자 필리어스 포그는 가볍게 고개를 끄덕였다.

"좋습니다. 제가 질 경우, 2만 골드를 여러분께 지불할 테니, 여러분께서 그것을 나눠 가지시면 되겠습니다. 제가 이길 경우, 여러분은 각자 4000 골드씩 제게 지불하는 것입니다. 동의하십니까?"
"동의합니다."

그렇게 던전 일주를 건 내기가 시작된 것이었다. 이 모든 일이 참 유감스럽게도, 장 파스파르투가 필리어스 포그의 저택에 취직한 첫날 벌어진 일이었다.

*

"주인어른!"

넝쿨 괴물에게 붙잡힌 파스파르투가 세 번째로 비명을 질렀다. 꿀렁대면서 기이하게 움직이는 몬스터를 차분한 눈으로 관찰하던 필리어스 포그는 드디어 하인을 구해 낼 방법을 떠올린 듯, 인벤토리를 열고 단도 한 자루를 꺼냈다.

"귀를 막게, 파스파르투."
"예?"

파스파르투가 멍청하게 되물었지만, 포그는 대답하지 않았다. 대신 그는 그것을 몇 번 던졌다 받았다를 반복하다 한 치의 망설임도 없이 단도를 투척했다. 은빛 궤적을 그리며 날아간 단도가 퍽, 하는 소리와 함께 몬스터의 미간에 박혔다. 그러자 쉴 새 없이 구물구물 기분 나쁘게 움직이던 몬스터가 우뚝 움직임을 멈췄다. 그리고 잠시 후,

"끼에에에에엑!"

금방이라도 파스파르투를 삼켜 버릴 것처럼 쩍

벌린 아가리에서 끔찍한 비명이 폭발했다. 멍하니 있던 파스파르투가 급하게 귀를 틀어막는 것과 동시에 몬스터가 고통스럽게 몸부림치기 시작했다. 넝쿨에 붙잡힌 파스파르투의 몸뚱이가 마치 나무토막처럼 휘둘러졌다.

"흐아아악! 으아아악! 주인어른, 살려 주세요! 아니, 잠깐, 으아아아악!"

하지만 그것도 잠시, 파스파르투는 그대로 내동댕이쳐졌다. 우당탕, 엉덩방아를 찧고서 핑핑 드는 머리를 부여잡고 몸을 일으켜 보니 집채만 한 몬스터는 미간에 단도가 박힌 채 여전히 절규하고 있었다. 하지만 그것도 오래가지 않았다.

던전을 쩌렁쩌렁 울리던 괴성이 한순간 우뚝 멈추고 몬스터의 거구가 새하얀 빛에 휩싸이더니, 이내 파사삭 소리와 함께 빛의 입자가 되어 흩어져 버렸다.

끔찍한 외견의 몬스터가 반짝이는 별 조각으로 화해 소멸하는 것을 멍청히 보던 파스파르투는, 아직도 자신이 주저앉아 있으며, 필리어스 포그가 자신을 빤히 응시하고 있다는 사실을 알아차리고서는 후다닥 몸을 일으켰다.

"구해 주셔서 감사합니다."
"신경 쓰지 말게. 핵을 회수해 오도록."

"예!"

파스파르투는 후다닥 움직여 몬스터가 소멸한 자리에 남은 반짝이는 보석을 주워다 포그에게 건넸다. 포그가 그것을 받아 들자마자 두 사람 앞에 시스템 창이 나타났다.

—클리어 조건: '탑'의 던전 보스 몬스터를 처치, 핵을 수집할 것.
—진행 상황: 12/20
—남은 시간: 36일 12시간 4초
—보상: ???

그 숫자를 보자니 파스파르투는 새삼 지난날이 아득하게 여겨졌다. 탑은 총 20층, 지금 그들이 있는 곳은 12층으로, 이제 절반 조금 넘게 온 것이다. 필리어스 포그는 별 감흥도 없이 몬스터의 핵을 인벤토리에 추가하고는 몸을 돌려 정확한 걸음걸이로 던전을 빠져나갔다. 핵을 회수했으니 더 볼일이 없다는 태도였다.

파스파르투 역시 후다닥 뒤를 따르며 들뜬 목소리로 말했다.

"이것으로 12층 던전도 돌파했네요."
"바로 내일 13층으로 올라가도록 하지."

하지만 필리어스 포그는 언제나 그랬듯이 침착하

게 대답할 뿐이었다. 부랴부랴 탑 정복에 나선 뒤로 시간이 꽤 지났지만, 아직도 파스파르투는 제 주인의 수수께끼를 반도 풀지 못했다.

출발 당일, 포그는 2층의 헌터 무기상에서 가장 값나가는 장비들을 모두 구매했다. 단도, 장검, 철퇴, 활과 화살, 각종 총기류까지. 무기 종류도 구분하지 않았다. 파스파르투에게도 그가 다룰 줄 아는 장비 종류를 물어보더니 가장 비싼 것들로 구비해 주었다.

그러고는 곧장 역사(驛舍)로 가 천리마 네 마리와 일 등급 마차까지 구매했다. 역장이 어지간한 저택 두 채보다 더 나가는 값을 불렀지만, 포그는 기꺼이 지불했다. 그 후 묵는 숙소마다 건물 전체를 대실하고, 종업원들에게 팁으로 꽤 거금을 건네는 등 그는 아무렇지도 않은 얼굴로 돈을 펑펑 써 댔다.

파스파르투의 주인은 그만큼 갑부였다. 게다가 신사다운 반듯한 외모와는 어울리지 않게 전투에도 상당히 능했다. 모든 장비를 익숙하게 다룰 뿐만 아니라 특별한 기술이 필요한 활이나 장검도 손쉽게 사용했다. 총이나 단검은 백발백중이었고, 검술 실력도 수준급이었다.

파스파르투 역시 어디 가서 전투에는 빠지지 않는다고 자부했지만, 그의 주인 앞에서는 자랑하기도 민망할 지경이었다.

그런 와중에 포그는 단 한 번도 자신의 스킬을 사용하지 않았다. 굳이 스킬을 발동하지 않아도 될 만큼, 필리어스 포그의 기본 스테이터스가 우수하다는 뜻이었다. 그러니 하인은 기가 막힐 수밖에.

파스파르투는 주인이 마음에 들었다. 돈을 턱턱 내는 재력이나 눈부신 전투 실력도 그랬지만, 그 대담함과 호기로움이 저절로 존경심을 가지게 했다.

"출발하기 전 말과 마차를 팔아야 하네."
"예? 이 좋은 말을요?"
"다음 층은 마차로 이동하기 어려울 걸세."

파스파르투가 의아하게 물었지만, 포그는 그 정도로만 대답할 뿐이었다. 그날 밤, 필리어스 포그는 정말로 천리마와 마차를 어느 헌터에게 헐값에 팔아 버렸다. 졸지에 막대한 이득을 얻어 희희낙락해하는 젊은 헌터를 본 파스파르투는 속에 천불이 일었지만, 필리어스 포그는 전혀 신경 쓰지 않았다.

하룻밤을 쉬는 둥 마는 둥 한 그들은 다음 날, 곧장 다음 층으로 올라갔다. 그리고 파스파르투는 어째서 포그가 말을 팔아 치웠는지 이해할 수 있었다. 게이트가 발동하고 13층에 발을 들인 순간, 빠아아앙! 하는 경적이 터져 나온 것이다. 빛에 눈이 차차 익숙해지자 곧 파스파르투는 제 눈앞에 펼쳐진 광경을 확인할 수 있었다.

어느 신사의 끝나지 않는 모험

"열차…인가요?"

"13층 전체는 하나의 거대한 노선이지. 오전 8시 12분에 출발하는 기차에 탑승해야 하니, 일등석 두 자리를 예매하게. 그리고 셔츠와 양말, 탄알, 단검도 구매하고."

"알겠습니다, 주인어른."

파스파르투는 후다닥 창구로 달려가 일등석 좌석을 두 장 예매했다. 상점에서 필리어스 포그가 명령한 것들을 사면서, 그럴 틈이 없다는 것을 알면서도 주변을 힐끔힐끔 둘러보았다.

역무원들이 열심히 돌아다니며 기차 시간을 외치고 다녔고, 여행객 차림의 사람들도 제법 보였다. 이런저런 무기를 든 데다 걸친 옷 역시 대부분 방호용 장비인 것을 보아하니, 그들 대부분이 헌터일 것이었다.

1층의 주요 교통수단 중 하나가 열차였으니, 역 자체가 생소한 것은 아니었다. 하지만 노선이 하나뿐이고, 4일 내내 정차하지 않고 14층으로 향하는 게이트 앞까지 쉴 새 없이 달린다는 건 꽤 신기한 일이었다.

'그래도 제법 쉬운 여정이 되겠군.'

바로 게이트 앞까지 달려간다면 던전도 없다는 뜻 아닐까. 파스파르투는 약간 들뜬 상태로 물품을 구매한 뒤 포그에게 달려갔다. 포그는 시계를 확인한 뒤 "탑승하러 가지"라는 말 한마디만 한 채 성큼성큼 플랫폼으로 걸음을 옮겼다.

탑승을 위해 줄을 서면서, 파스파르투는 주변 분위기가 살짝 이상하다는 것을 깨달았다. 일등칸을 타는 이들은 물론이고, 삼등석의 헌터들까지 모두 긴장한 상태로 얼굴이 딱딱하게 굳어 있다는 것을 알아차린 것이다. 하지만 그의 주인어른은 언제나 그랬듯 침착하기만 했다.

결국 파스파르투는 영문을 모르고 포그를 따라 기차에 탑승할 수밖에 없었다. 하지만 그 짧은 고민도 일등칸에 오르는 순간 단번에 날아가고 말았다.

"이야…."

어지간한 저택의 방 정도로 널찍한 칸 바닥에는 두꺼운 카펫이 깔렸고, 천장에는 진주로 장식된 샹들리에가 매달려 있었다. 이인용으로 준비된 테이블과 의자는 구하기 힘든 자재로 만들어진 게 틀림없었다. 게다가 한쪽에 놓인 침대는 마치 왕의 것처럼 고풍스러운 조각으로 장식된 채 비단 이불이 덮여 있었다. 하인을 위해 마련된 간이침대 역시 다른 곳들보다 훨씬 고급스러웠다.

"1층 기차의 일등석이랑은 차원이 다르군요."
"1층의 열차는 인간이 만든 거고, 이 열차는 시스

어느 신사의 끝나지 않는 모험

템이 직접 구성한 것이니 그만큼 더 완벽하지. 파스파르투, 열차가 달릴 때는 창문 가까이에 앉지 않는 것이 좋네."

소파에 단정히 앉으며 필리어스 포그가 충고했다. 마침 창문 밖으로 역을 구경하던 파스파르투가 의아하게 물었다.

"네? 왜요?"
"직접 겪으면 알게 될 걸세."

아리송한 대답에 파스파르투가 고개를 갸웃하는 사이, 8시 12분이 되었다. 푸쉬이익, 소리를 내며 경적을 한 번 커다랗게 울린 열차가 천천히 움직이기 시작했다. 역을 완전히 빠져나가자 창문 밖으로는 단조로운 풍경이 한참 동안 이어졌다.

새파란 하늘에 하얀 구름이 동동 떠다니고 지평선 너머로 끝도 없이 선로가 이어지는 것 이외에는 풀 한 포기도 제대로 나지 않는 황무지가 펼쳐질 뿐이었다. 창밖 구경도 지루해진 파스파르투는 슬그머니 물러나 하인용 의자에 앉았다. 필리어스 포그는 마치 평화로운 관광이라도 온 것처럼 느긋하게 책을 읽을 뿐이었다.

무료함을 이기지 못한 파스파르투는 의자에 앉은 채 까무룩 졸다가, 포그가 책을 탁 덮는 소리에 다시 눈을 떴다. 습관적으로 시계를 확인하니 거의 정오가 다 되어 가고 있었다.

"어라? 곧 점심 식사를 챙길 시간인데. 아까 표를 구매할 때 식당칸에서 직접 식사를 준비해서 가져다준다고 했으니, 아마 곧…. 주인어른?"

잠이 덜 깬 상태로 주절대던 파스파르투는 포그에게서 돌아오는 대답이 없다는 것을 깨닫고는 의아하게 고개를 들었다. 필리어스 포그는 입을 다문 채, 빠르게 스쳐 지나가는 창밖 풍경만 가만히 주시하고 있었다.

하인 역시 주인을 따라 창밖으로 시선을 옮겼다. 여전히 삭막하기만 한 광경에서 별다른 것은 보이지 않았다. 말라비틀어진 나무와 아무렇게나 굴러다니는 먼지만 이따금 누런 황무지에서 존재감을 발휘할 뿐이었다.

하지만 잠시 후, 파스파르투 역시 뭔가가 잘못되고 있음을 깨달았다. 저 멀리, 지평선 너머에서 부자연스러운 먼지구름이 피어나기 시작한 것이다.

"어?"

"파스파르투, 전투 준비를 하게. 이 필드에서는 총기를 사용하는 편이 나을 걸세."

책을 테이블에 내려놓은 포그가 인벤토리에서 피스톨을 한 자루 소환해 하인에게 던져 주었다. 파스파르투가 우왓, 소리를 내며 얼떨결에 총을 받자 포그 역시 총 한 자루와 검을 소환해 무장했다.

"잠깐만요, 주인어른. 설마 층 전체가 던전이라는 게…."

총을 양손으로 쥔 아둔한 하인은 드디어 13층의 비밀을 깨달았다. 그때, 눈앞에 시스템 창이 나타났다.

—강도로부터 열차를 사수하라.
—사망자: (0/132)

파스파르투는 새된 비명을 지를 수밖에 없었다.

"열차 강도?"

하지만 놀랄 새도 없이, 타아앙! 청명한 하늘을 뒤흔드는 총성이 전투의 시작을 알렸다.

"흐아아아악!"
"침착하게, 파스파르투."

포그가 차분하게 그를 달랬지만 다음 순간, 또 한 번의 총성과 함께 객실 창문을 뚫고 온 총알이 퍽, 둔탁한 소리를 내며 벽에 박혔다. 얼굴이 창백하게 질린 파스파르투가 포그의 앞을 가로막았다.

"제가 지켜 드리겠습니다, 주인어른!"
"됐으니 비키게."

탕, 탕! 포그가 파스파르투를 밀어내자마자 연달

아 총성이 폭발하더니 창문에 총알구멍이 몇 개나 더 생겼다. 포그는 파스파르투의 머리를 붙잡고 바닥에 눌러 강제로 엎드리게 했다. 신사의 어마어마한 힘에 짓눌려 고급스러운 카펫에 머리를 처박은 하인 위로 아슬아슬하게 총알 하나가 스쳐 지나갔다.

"히이이익!"

"파스파르투. 방어 계열 스킬이 있나?"

"아, 아니요! 없습니다!"

"그렇다면 이걸 지니게."

포그는 인벤토리를 열어 아이템 하나를 꺼내 주었다. 파스파르투는 상황도 잠시 잊고 기함할 수밖에 없었다. 모든 공격을 무효화해 준다는, 한 개에 20골드나 하는 방어 아이템의 30개 묶음이었다. 그간 온갖 현장을 수도 없이 돌아다녔다고 자부한 그였지만, 이 아이템을 눈으로 직접 보는 것은 처음이었다.

"싸우다가 비전투원들을 만나면 건네주게. 자네 몫은 꼭 하나 남겨 두고."

"예? 예, 알겠습니다! 그런데 주인어른은요?"

"필요 없어."

담백하게 대답한 필리어스 포그는 곧장 총을 장전하고 몸을 숨긴 채 창문 가까이 다가갔다. 천리마 수십 필을 이끌고 달려오는 열차 강도들이 이제 육안으로 확인될 정도로 가까이 접근해 왔다. 타아앙!

어느 신사의 끝나지 않는 모험

또 한번 날아든 총알에 창문이 거의 반파되자, 포그는 망설임 없이 총으로 남은 유리를 깨부수고 대응 사격을 시작했다.

탕! 포그의 총이 불을 뿜자 가장 선두에서 달려오던 도적이 말에서 떨어졌다. 탕, 탕! 포그는 계속해서 사격을 이어 갔다. 제 주인을 멍하니 바라보던 파스파르투 역시 얼른 자리를 잡고 함께 총을 쏘기 시작했다.

포그와 파스파르투의 총에 강도들이 하나둘 쓰러져 황야에 나뒹굴었다. 다른 객실의 헌터들도 전투를 개시했는지 이곳저곳에서 총이 격발되는 소리와 활과 화살, 그 외 온갖 원거리 전용 스킬들이 발동되며 기차 안이 순식간에 소란스러워졌다. 그에 따라 쓰러지는 강도들 역시 심심찮게 생겨났지만, 그들은 죽음을 불사하고서 열차를 향해 돌진해 왔다.

그때, 파스파르투의 눈앞에 다시 시스템 창이 떠올랐다.

—강도로부터 열차를 사수하라.
—사망자: (1/132)

열차 안의 누군가가 전사한 것이다. 파스파르투가 이를 꽉 깨물었지만, 포그는 전혀 동요하지 않고 그저 차분하게 사격을 이어 갔다. 하지만 수많은 강도를 완벽하게 저지할 수는 없었다. 놈들의 얼굴이 두 눈으로 확인될 정도로 가까워지자 포그가 명령했다.

"파스파르투, 객실을 버리고 이등석으로 자리를 옮기지. 곧 놈들이 열차 안으로 침입해 올 걸세."

"예? 예! 알겠습니다!"

파스파르투가 문을 열어 주자 포그는 한발 먼저 복도로 나갔다. 고개를 숙이고서 빠른 걸음으로 이동하는 와중에도 두 사람의 머리 위로 아슬아슬하게 총알이 스쳐 지나갔다.

"던전 난도가 너무 높은 것 아니에요?"

"무사히 살아남는다면 추가 급여를 주지."

"그런 문제가 아닙니다, 주인어른!"

파스파르투가 우는소리를 냈지만, 포그는 듣는 척도 하지 않았다. 그 순간, 콰아앙! 거대한 폭음이 하늘을 뒤흔들더니 갑자기 열차가 급브레이크를 걸었다.

끼이이익! 급하게 걸리는 제동에 파스파르투는 나동그라졌다. 재빨리 흔들리는 커튼을 붙잡고 중심을 잡은 포그는 하인의 뒷덜미를 잡아채 붙잡아 세웠다. 하지만 타이밍이 영 나빴던지, 파스파르투는 벽에 머리를 쾅 박았다. 눈앞이 번쩍거렸다. 그러나 포그는 자비가 없었다.

어느 신사의 끝나지 않는 모험

"정신 차리게. 최대한 빨리 움직여야 하네."

"예!"

혹이 난 자리를 쓰다듬으며 파스파르투가 벌떡 몸을 일으켰다. 어느새 열차는 세워져 있었고, 강도들이 깨진 창문을 넘어 안으로 밀려들고 있었다. 파스파르투는 곧장 총을 장전해 복도 너머에서 달려오는 강도들에게 발포했다.

"어어억!"

관자놀이를 관통당해 쓰러진 강도는 이내 여느 몬스터들처럼 빛의 조각으로 화해 사라졌다.

"주인어른, 이게 도대체 무슨 일입니까?"

"놈들이 선로를 폭발시켰어."

"이것도 퀘스트에 포함된 일입니까?"

"아마도 그렇겠지. 달리게!"

두 사람은 이등칸을 향해 달리기 시작했다. 일등칸은 이미 강도들에게 완전히 점령당한 뒤였고, 시스템이 표시하는 사망자 수는 자꾸만 늘어 갔다.

—강도로부터 열차를 사수하라.

—사망자: 12/132

아니나 다를까, 이등실 역시 완전히 아수라장이었다. 창문을 타 넘은 강도가 막 젊은 헌터를 죽이려는 순간, 포그의 총이 불을 뿜었다. 머리에 총을 맞은 강도가 뒤로 넘어가자, 뒤에 있던 놈의 동료가 다시 깨진 창문 사이로 상체를 들이밀었다.

포그는 몸을 빙글 돌려, 어느새 뽑은 검으로 옆에서 덮쳐 오는 강도의 목을 깔끔하게 베어 냈다. 포그가 시간을 벌어 주는 사이 파스파르투는 부상자들을 안전한 곳까지 질질 끌어다 옮기고, 그중 가장 멀쩡한 이에게 방어 아이템을 한 움큼 건네주었다.

"이거 쓰십쇼!"

"예, 예! 감사합니다!"

얼떨결에 받아 든 부상자가 초고가의 아이템임을 확인하고는 다른 의미로 비명을 지르는 소리가 등 뒤로 들려왔다. 이런 비상사태만 아니라면 주인어른의 마음 씀씀이에 대해 실컷 자랑을 늘어놓았겠지만, 유감스럽게도 파스파르투는 다시 전투에 임해야만 했다.

"주인어른! 보스 몬스터는 어디에 있어요?"

"아마도 삼등칸에 있을 걸세. 그자를 처치하면 전투가 종료될 거야…. 따라오게, 파스파르투."

포그와 파스파르투의 가세로 이등칸의 전투 양상은 차츰 안정화되고 있었다. 포그는 인벤토리에서 방어 아이템을 꺼내 치열하게 싸우는 헌터들에게 던져 주고는 다시 빠르게 걷기 시작했다. 악에 받친 강도가 포그를 조준해서 총을 발사했지만, 그는 검을 한번 휘두르는 것으로 쉽게 총알을 튕겨 냈다.

"헐…."

저게 가능한 묘기던가. 방어 아이템이 필요 없다던 말이 이제야 이해가 갔다. 필리어스 포그가 내어놓은 방어 아이템으로 이등칸의 헌터들은 한층 편하게 전투에 임했다. 포그와 파스파르투는 곧장 전장을 헤치고 삼등칸으로 이동했다.

—강도로부터 열차를 사수하라.
—사망자: 17/132

그런 순간에도 사망자는 꾸준히 늘어 가고 있었다. 파스파르투가 삼등칸 객실의 문을 걷어차 부수자, 이등칸보다도 더욱 상황이 나쁜 모습이 훤하게 드러났다. 이미 완벽히 장악당했는지 살아남은 헌터들과 승객들은 벽을 보고 무릎을 꿇어앉은 채였고, 몇몇은 심지어 훌쩍이기까지 했다. 강도들은 온갖 무기들로 승객들을 위협하며 게속하게 낄낄댔다.

대부분의 사망자는 이곳에서 발생한 모양인지, 이곳저곳에 승객의 시신이 널브러진 게 보였다.

무뚝뚝한 시선으로 내부를 훑어본 필리어스 포그는 객실 가장 안쪽, 아무렇게나 쌓인 짐들 위에 왕처럼 걸터앉아 있는 거대한 괴한을 마주 보았다. 괴한은 평범한 인간의 세 배쯤 되는 거구에 한 손에는 총을, 그리고 나머지 한 손에는….

"인질?!"

의식을 잃고 늘어진 한 사람을 붙잡은 채였다. 파스파르투가 새된 목소리를 냈고, 포그의 눈빛 역시 차게 가라앉았다.

"이런. 정의로운 신사께서 등장하셨군."

갑자기 들이닥친 두 사람을 발견한 강도단의 우두머리, 즉, 보스 몬스터가 누런 이를 드러내며 비틀린 미소를 지었다.

그의 옆으로 상태 창이 둥실 떠올라 정보를 표시해 주었다.

[열차 강도 잭 :: LV. 80 :: HP. 142/150]

"가진 것을 다 내놓고, 네놈들도 저놈들처럼 무릎을 꿇어라! 그렇지 않으면 이 여자의 목숨은 없다."

"이런 비열한 놈…!"

파스파르투가 이를 뿌득 갈았다. 반면, 필리어스 포그는 차분한 얼굴로 그를 가만히 마주 볼 뿐이었다. 그리고 잠시 후, 포그는 들고 있던 총과 검을 툭, 바닥에 던졌다.

어느 신사의 끝나지 않는 모험

"주인어른?"

"저 인질은 승객 중 한 명이네. 무기를 내려놓게,
파스파르투. 일등 객실에 보스 몬스터가 나타날
거라 예상했었는데, 아무래도 내 추측이 빗나간
모양이군."

하지만 파스파르투는 쉽게 그럴 수가 없었다.

"하지만 저는 하인으로서 주인어른을 지켜야 할
의무가…."

"명령이네, 파스파르투."

포그는 다시 한번 가라앉은 목소리로 명령했다.
지난 모험 중 충분히 경험한바, 파스파르투는 주인
의 고집은 절대로 꺾을 수 없다는 걸 충분히 알고
있었다. 결국 파스파르투 역시 들고 있던 총을 바닥
에 던질 수밖에 없었다. 파스파르투가 엉거주춤 무
릎을 꿇고 앉자 우두머리가 만족스럽게 고개를 끄
덕였다.

"가진 걸 내놔. 차림새를 보니 돈도 꽤 많게 생겼군."

"많이 지니고 있네."

필리어스 포그가 솔직하게 대답했다.

"내 인벤토리에 1만 1000골드가 있네. 그걸 모두
다 건네줄 테니, 그녀를 놓아주게."

"1만 1000골드? 하, 허풍도 심하군!"

"사실일세."

개체명, '잭'이 비웃음을 터뜨렸지만, 포그는 표정 하나 변하지 않고 담담하게 대답했다.

"이 정도 돈이면 자네도 이 지긋지긋한 강도 생활에서 벗어날 수 있겠지. 어떤가? 자네에게도 나쁜 제안은 아닐 터."

"일단은 돈이 진짜로 있는지부터 봐야겠다. 너는 가까이 와라. 대신 무기를 꺼내면 이 여자는 바로 죽는다."

그는 경계하면서도 결국 욕심을 이기지 못하고 답했다. 한편, 파스파르투는 이해할 수 없었다. 상대는 인간의 모습을 취하고 있지만, 어차피 몬스터에 불과했다. 인질을 잡은 행동이나 내뱉는 말 등, 전부 시스템의 설정값대로 출력되는 것일 뿐이니 진지한 협상이 가능할 리 없었다. 필리어스 포그 역시 그걸 모를 리 없었고.

하지만 그는 진심인 것처럼 보였다. 적을 자극하지 않도록 천천히, 아주 천천히 접근한 필리어스 포그는 열다섯 걸음 정도 거리를 둔 채 멈춰 섰다. 그러고는 인벤토리를 열어 정말로 1000골드에 해당하는 금화 더미를 꺼내 들었다. 포그의 양손에 들린 금화를 본 강도 우두머리의 눈이 휘둥그레졌다.

"이래도 못 믿겠나?"

"…믿겠다. 그걸 내놔. 1골드도 빼놓지 말고 모두 내놔!"

어느 신사의 끝나지 않는 모험

입을 헤벌쭉 벌린 그가 흥분해 침을 질질 흘리며 벌떡 자리에서 일어나자 그에게 붙잡혀 있던 인질의 몸이 아래로 축 늘어졌다.

"내 말 안 들리나? 전부 다 내놔. 1만 1000골드라고 했지? 조금이라도 모자라면 여기 있는 놈들을 모두 죽이고 네놈도 찢어 죽여 버리겠다."

금화에 눈이 먼 잭이 인질을 짐짝처럼 질질 끌며 포그에게 다가갔다. 포그는 가만히 서서 고요한 호수 같은 눈으로 적을 응시할 뿐이었다. 파스파르투는 잔뜩 긴장한 채 포그와 적을 노려보았다. 만약 불상사가 생긴다면 주인을 지키기 위해 무리해서라도 뛰쳐나갈 생각이었다.

다음 순간, 필리어스 포그가 돌발적으로 움직였다. 양손에 한가득 쥐고 있던 금화를 허공에 흩뿌린 것이다. 마치 쏟아지는 별처럼 금화가 흩어지며 반짝였다. 잭이 경악해 입을 쩍 벌리며 저도 모르게 떨어지는 금화에 시선을 빼앗겼을 때, 필리어스 포그가 앞으로 나섰다. 단단히 말아 쥔 주먹이 잭의 거대한 얼굴에 뻐어억! 소리를 내며 처박혔다. 곧이어 우지끈, 두개골이 조각나는 소리가 났다.

파스파르투는 경악했다. 맨주먹으로 안면을 강타당할 거라고는 전혀 예상하지 못하고 고스란히 일격을 허용하고 만 잭은, 다른 부하들이 그랬던 것처럼 새하얀 빛에 휩싸이기 시작했다. 필리어스 포그는 덤덤한 표정으로 뒤로 물러서며 피 묻은 손을 털어 냈다.

"억… 어어억…."

깨진 이빨 사이로 단말마를 내뱉던 잭은 이내 빛의 입자로 화해 소멸해 버렸다. 포그는 그대로 팔을 뻗어 바다에 쓰러지던 여인을 안정적으로 받아 냈다. 제압당한 사람들을 무기로 위협하던 다른 강도들 역시 우뚝 움직임을 멈추더니 이내 잭의 뒤를 따라 반짝이는 빛의 조각이 되어 사라졌다.

잔뜩 겁먹은 채 고개를 푹 숙이고 있던 이들이 하나둘씩 미심쩍은 시선을 들어 상황을 확인했다.

"주인어른!"

퍼뜩 정신을 차린 파스파르투가 후다닥 포그에게 달려갔다. 포그는 인질을 조심스럽게 바다에 눕히고는 주머니에서 손수건을 꺼내 피 묻은 손을 깨끗하게 닦아 냈다.

"주인어른, 다치신 곳은요?"

"없네. 부상자들에게는 포션을 나눠 주고, 기관실의 사람들이 무사한지 확인해 주게."

"예! 알겠습니다!"

파스파르투가 잽싸게 달려 삼등실을 빠져나갔다. 우당탕 뛰어나가는 하인의 뒷모습을 힐끔 본 포그는 삼등실에 남아 있는 이들을 둘러보았다. 그들은 보스 몬스터를 일격에 처리한 정체불명의 신사를 두려움 반, 경외 반에 찬 시선으로 힐끔대고 있었다. 그런 와중에도 몇몇은 바닥에 흩어진 금화가 탐나는 눈치였다.

"금화는 필요한 만큼 가져가십시오. 단, 싸움이 일어나거나 금화 때문에 새로운 부상자가 발생한다면 개인적으로 제지를 가하겠습니다."

포그의 침착한 목소리에 꿇어앉아 있던 사람들이 엉거주춤 몸을 일으켜 바닥에 떨어진 금화를 줍기 시작했다. 포그는 잭이 있던 자리에 덩그러니 놓여 반짝이던 보석을 주워 들었다. 13층 던전의 보스 몬스터, '열차 강도 잭'의 핵이었다.

—클리어 조건: '탑'의 던전 보스 몬스터를 처치, 핵을 수집할 것.
—진행 상황: 13/20
—남은 시간: 35일 19시간 54초
—보상: ???

시스템 창이 뜨며 퀘스트 진행 상황을 알렸다. 그때, 파스파르투가 다시 후다닥 달려왔다.

"주인어른! 기관실 사람들은 무사합니다. 일단은 열차 외부 상황도 살필 겸 하차해서 이야기를 나누자고 했고, 부상자들은 이등실 칸에 모아 두었습니다."

"알겠네."

포그는 파스파르투와 함께 열차 바깥으로 나섰다. 기관사와 승무원들이 폭약으로 완전히 박살 난 선로를 살피고 있었다. 포그는 그들에게 다가가 인사조차 생략하고서 운을 뗐다.

"당장 기차 운행은 불가능합니까?"

"예…. 선로가 복구되어야 하는데, 아무래도 며칠 안으로는 해결이 안 될 것 같습니다. 이런 이벤트가 발생한 건 처음이라 저희도 곤혹스럽습니다."

땀을 뻘뻘 흘리는 기관사가 모자를 벗으며 일행에게 다가왔다. 그 말에 파스파르투가 의아하게 물었다.

"처음이라뇨? 예정된 던전 함정이 아니었단 말입니까?"

"예예… 열차 강도 잭은 특이한 케이스라서요. 과거에 실제로 열차 강도를 일삼던 현상 수배범인데, 13층의 던전화가 이루어지며 몬스터가 됐습니다."

"원래 인간이었다고요?"

기관사의 설명에 파스파르투가 눈을 커다랗게 떴다. 필리어스 포그가 하인의 의문에 좀 더 정확한 답을 내어 주었다.

어느 신사의 끝나지 않는 모험

"본인이 몬스터가 됐다는 자각도 없지. 인간이었을 때의 욕망이 고스란히 남은 만큼, 지능 역시 인간과 비슷해. 그래서 매번 다른 방식으로 열차를 습격하지."

그래서 돈을 미끼로 한 협상이 통한 거였다. 기관사가 곤란하게 머리를 긁적였다.

"선로는 시스템이 복구해 주겠지만, 적어도 5일 이상은 걸릴 겁니다. 이렇게 되면 뒤차 역시 밀릴 수밖에요…."

"5일이요? 그럴 수는 없어요. 우리는 당장 다음 층으로 가야 한단 말입니다!"

흥분한 파스파르투가 불쑥 끼어들었다. 지금 당장 다시 기차가 출발한다 하더라도 14층 게이트까지는 3일 정도가 걸렸다. 여기에서 시간을 지체하게 된다면 퀘스트를 달성할 수 없을 것이고, 내기에서 진 필리어스 포그는 파산하게 될 터였다.

"그리 말씀하셔도 방법이…."
"파스파르투."

기관사가 뒤로 주춤 물러서며 양손을 내저으려는 찰나, 포그가 끼어들었다. 그는 어느새 지평선 쪽을 가만히 응시하고 있었다.

"주인어른?"
"일단 열차 안으로 돌아가지."

파산할 위기에 처했는데도 필리어스 포그는 침착하기만 했다. 파스파르투는 자신이 더 속이 타들어가는 기분이었지만, 주인이 명령한 이상 어쩔 수 없이 이행해야만 했다. 포그는 열차 안으로 돌아가자마자 사람들을 불러 모았다.

심하게 부상을 입은 사람들도 있었지만, 대부분 포그가 나누어 준 최고급 포션으로 회복한 상태였다. 사망자가 더 늘지 않은 것을 확인한 포그가 거두절미하고 본론을 꺼냈다.

"말안장 아이템을 지니신 분 계십니까?"

뜬금없는 말에 승객들이 의아하게 눈을 끔뻑였다. 의문이 경악으로 바뀌기까지는 고작 몇 초도 걸리지 않았다. 포그가 덧붙였다.

"개당 100골드에 사겠습니다. 부족하시다면 더 쳐드릴 수도 있습니다."

모두가 입을 쩍 벌리고 얼어붙은 사이, 포그가 다시 덧붙였다.

"200골드 드리겠습니다."
"…."

잠시 후, 파스파르투와 필리어스 포그는 열차 강도들이 끌고 왔던 천리마에, 개당 200골드를 주고 산 싸구려 말안장을 얹고 너른 황야를 쏜살같이 달리고 있었다.

어느 신사의 끝나지 않는 모험

"주인어른, 아무리 그래도 200골드는 너무 심하셨어요!"

"그만한 가치가 있는 소비였네."

파스파르투가 바람을 가르며 외치는 소리에 포그는 늘 그렇듯 아무렇지 않게 대답할 뿐이었다. 거기에 대고 파스파르투가 뭐라 더 할 말이 있을 리 없었다. 두 사람 사이의 대화가 자연스럽게 끊겼다. 파스파르투는 말고삐를 고쳐 쥐면서 앞서 나가는 필리어스 포그를 물끄러미 보았다.

메마른 황야와 흙먼지가 피어오르는 새파란 하늘 사이, 끝도 없이 이어지는 선로를 따라서 말을 달리는 필리어스 포그가 시야에 가득 들어찼다. 생명력이라고는 전혀 찾아볼 수 없었지만 그건 그것대로 제법 괜찮은 경치였다. 아무것도 없이 황무지와 철길만이 이어지는 풍경은 1층이나 탑 바깥에서는 좀처럼 구경하기 힘들었으니까.

내내 정착을 바랐던 파스파르투는 이제야 자신이 진정 평생 몸을 바칠 직장을 찾았다고 자신했다. 여전히 정체를 알 수 없는 주인어른이지만 누구보다도 용감하며 강인하고 또 냉철하지만 따뜻한 마음을 지닌 사람이었다.

다른 사람들은 괴짜니 피도 눈물도 없는 인간이니 하며 지껄였지만, 파스파르투는 그가 둘도 없이 좋은 사람이라고 확신했다. 온갖 잡무에는 능하지만 헌터로서 번듯한 스킬도 없고 아둔한 자신이라도 필요로 해 준다면 최선을 다해서 그를 보필하기로 마음먹었다.

조금, 아주 조금 특이하다는 건 부정할 수 없겠지만.

*

두 사람이 막 역에 다다르자 혼잡한 역사에 열차 운행이 재개된다는 안내가 들려왔다.

"이제야 선로 복구가 완료된 것 같습니다."

무작정 기다리는 것보다야 강행군을 이어 가는 것이 훨씬 나은 선택이었다는 게 증명된 셈이었다. 파스파르투가 들떠서 말했지만 포그는 늘 그렇듯 무심했다.

"그런가 보군."

그래도 처음 계획보다 시간을 허비한 건 사실이었다. 천리마를 싼값에 팔아 버린 포그는 곧장 다음 게이트로 향했다.

— 클리어 조건: '탑'의 던전 보스 몬스터를 처치, 핵을 수집할 것.
— 진행 상황: 13/20

어느 신사의 끝나지 않는 모험

—남은 시간: 28일 06시간 22초

—보상: ???

앞으로 남은 던전은 6개였다. 다소 촉박한 일정이
나, 필리어스 포그의 공략 실력을 생각해 보면 크게
무리가 있는 것도 아닌 듯싶었다. 하지만 포그의 생
각은 조금 다른 것 같았다.

"재촉하고 싶지는 않지만, 파스파르투. 좀 더 속
도를 내야겠네."
"예? 예! 알겠습니다. 저도 노력하겠습니다!"

그때까지만 해도 파스파르투는 포그가 그저 앞으
로의 일정을 걱정하는 거라 여기고서 제 포부를 밝
히듯 당당히 선언했다. 하지만 그 이후로 생전 처음
보는 던전의 향연이 파스파르투의 앞에 펼쳐졌다.

14층에서는 물 위에 자리 잡은 도시에서 문어를
닮은 몬스터를 상대했으며, 15층에서는 이빨을 드
러내며 덤벼 오는 꽃 괴물들 때문에 학을 떼야 했다.
16층에서는 스톤 골렘 떼에 포위되었다가 겨우 무
찌르고 핵을 수거할 수 있었다.

—클리어 조건: '탑'의 던전 보스 몬스터를 처치,
　핵을 수집할 것.
—진행 상황: 16/20
—남은 시간: 15일 07시간 32초
—보상: ???

스톤 골렘에게 실컷 두들겨 맞은 상처를 포션으로 치료하려고 오렌지주스 맛 상급 포션을 꿀꺽꿀꺽 들이켜던 파스파르투가 조금 들떠서 말했다.

"이 기세로 간다면 분명히 내기에서 이길 겁니다!"

"방심은 좋지 않네, 파스파르투. 앞으로는 더 쉽지 않을 걸세."

"네? 그런가요?"

침착한 신사는 딱 한 마디로 하인에게 조언을 건넸다. 파스파르투는 그제야 다음 층으로 향하는 게이트에 자신들밖에 없다는 사실을 깨달았다. 하지만 그 점을 지적하기도 전에, 그들은 순식간에 17층으로 이동되었다.

파스파르투는 몸을 휘감는 어마어마한 냉기에 부르르 떨었다. 눈을 뜨자 온 세상이 순백으로 물들어 있었다. 파스파르투는 순간 눈이 멀어 버렸다고 생각했다. 하지만 차차 빛에 시야가 익숙해지자 지금 서 있는 곳이 설산의 한가운데고, 안구를 찌른 게 새하얀 눈에 반사된 빛이라는 것을 깨달았다.

"우와…."

생전 처음 보는 만년설에 파스파르투는 멍해져서 감탄사를 터뜨렸다. 사방이 깎아지른 절벽인 데다 맹렬한 눈보라까지 휘몰아치고 있었다. 영원히 녹지 않을 것 같은 만년설 때문에 높은 산맥 주변이

어느 신사의 끝나지 않는 모험

온통 순백으로 보였다. 파스파르투의 코에 서늘한 냉기가 훅 끼쳐 왔다.

"푸, 푸헹춰!"
"이걸 쓰게."

재채기를 터뜨리는 그에게 포그가 무언가를 슥 내밀었다. 파스파르투는 얼떨결에 그것을 받아 들었다가 눈을 휘둥그레 떴다. 포그의 옷장에 들어 있던 아주아주 값비싼 가죽 코트였다.

"방한과 방어 겸용 장비이니 이 정도 추위는 견딜 수 있을 걸세."
"주, 주, 주인어른? 저, 저도 방한용 코트 정도는 있습니다!"
"자네 것으로는 감당하기 힘들어."

포그 역시 코트를 꺼내 걸쳤다. 하지만 그에게는 그다지 필요 없어 보였다. 덜덜 떠는 파스파르투와는 달리 포그는 안색 하나 변하지 않았고, 심지어는 입김도 피어오르지 않았다. 파스파르투는 잠시 버텨 보려 했지만 결국 추위에 굴복하고 포그의 코트를 걸쳤다.

"반드시 깨끗하게 착용하고 돌려드리겠습니다…!"
"자네 가지게."

기껏 토로한 감격에 돌아온 반응은 칼바람보다도

차가웠다.

잠시 게이트에서 기다리자, 멀리서 누군가가 눈보라를 헤치고 달려오는 게 보였다. 두꺼운 가죽옷을 몇 겹이나 감싸 입은 자가 여섯 마리의 개가 끄는 썰매를 몰고 있었다. 그 모습에 파스파르투가 또 놀라려는 찰나, 썰매가 미끄러지듯 두 사람 앞에 섰다.

"어디까지 가시오?"

게이트 앞에서 17층 내부까지 사람을 실어 나르며 돈을 버는 썰매꾼이었다. 포그는 자연스럽게 골드를 몇 개 꺼내 썰매꾼에게 건넸다.

"던전 앞까지 갑니까?"
"예? 여기에서 바로 간단 말이오? 던전 공략을 하려면 일단 마을로 들어가서 물품을 구비해야지."
"필요 없습니다. 바로 던전 앞까지 가면 됩니다."
"여기에서 던전까지는 3일인데. 야영 준비도 안 하고 가면 얼어 죽기 십상이란 말이오. 자결할 거면 혼자 하시오."

썰매꾼이 별 미친 사람을 다 본다는 눈빛을 보냈다. 필리어스 포그는 조용히 인벤토리에서 금화 한 주먹을 꺼내 건네주었다.

"필요한 물건은 다 지니고 있습니다. 나에게 필요한 건 이동 수단뿐입니다."

어느 신사의 끝나지 않는 모험

썰매꾼이 허리를 직각으로 숙였다.

"편안히 모시겠습니다."

"하루 반 만에 가능하겠습니까?"

"그건 불가능…."

놀라 손사래를 치려던 썰매꾼에게 또다시 금화 한 움큼이 쥐어졌다. 썰매꾼은 조용히 그것을 받아 챙겼다.

"최선을 다하겠습니다."

"좋습니다."

급격히 공손해진 썰매꾼은 두 사람을 싣고 개들을 재촉했다. 썰매는 눈 폭풍을 뚫고 매끄럽게 앞으로 나아갔다. 파스파르투는 추위 때문에 코를 훌쩍이면서도 자꾸만 바뀌는 풍경에 눈알을 이리저리 굴렸다.

"이런 곳에도 사람이 산다니…."

"아무리 험한 곳이라도 돈이 나오면 살 수 있소."

갑작스러운 돈벼락에 취한 썰매꾼은 하인인 파스파르투에게도 예의 바르게 말했다.

"1층은 귀한 분들만 살 수 있고, 5층까지도 그럭저럭 살기 괜찮지만, 이렇게 높은 곳은 아무래도 살아남기 버거운 게 사실이오. 하지만 이런 곳이야말로 돈 벌기엔 좋은 환경이지. 경쟁자가 적으니 말이오. 시스템이 마련한 일자리도 있고."

"아하⋯."

시스템은 탑을 원활하게 운용하기 위해서 직접 사람을 고용하기도 했다. 14층의 기관사나 이 썰매꾼, 혹은 몇몇 상점의 직원이 바로 그런 경우였다.

"하지만 여기는 방문객이 거의 없어서, 사냥해서 나온 부산물이나 팔아 먹고사는 처지요. 그나저나 댁들은 설산 던전에는 왜 가시는 겁니까?"

"탑 일주를 합니다."

포그가 짧게 대답했다. 썰매꾼이 어리둥절한 낯을 하자 파스파르투가 짤막하게 사정을 설명했다. 내기의 전말을 들은 썰매꾼이 황당해하며 말했다.

"소문이 진짜였소?"

"사실입니다. 6층 던전을 공략 완료했을 때 시스템이 해당 내용이 실린 퀘스트를 고지했으니까요."

보상은 불명이었지만, 기간 안에 모든 던전을 돌면 뭔가가 있는 건 확실했다. 썰매꾼은 여전히 반신반의하고 있었다.

"탑이 전부 공략된 게 언젠데, 이제 와서 새로운 요소가 발견된다니. 두루뭉술한 정보만으로 단둘이서 움직이는 건 너무 무모하지 않소?"

"누군가는 검증해 봐야 할 일이니까요."

어느 신사의 끝나지 않는 모험

그런 질문이 돌아올 줄 알았다는 듯, 포그가 담백하게 답을 내어놓았다.

"세상에는 아직 정체를 알 수 없는 것들이 많습니다. 미지의 것은 불안감과 기대를 동시에 가져옵니다. 그것만으로도 이 탐사에는 의미가 있지요."

"기대요? 선생, 당신에게서는 요만큼의 기대감도 보이지 않소. 보아하니 설산에도 익숙한 듯하고, 탑의 높은 층도 초행이 아닌 것 같은데."

"저는 초행이 아닐지도 모르지만 제 하인은 초행입니다. 그리고 우리는 함께 아직 밝혀지지 않은 것을 향해 나아가고 있습니다. 그것으로 충분합니다."

"주인어른…!"

정신없이 설산을 구경하던 파스파르투가 대화를 듣고는 감동한 눈으로 제 주인을 돌아보았다. 그 뜨거운 눈빛을 무시해 버린 포그가 조용히 덧붙였다.

"그러니 속도를 더 내어 주길 바랍니다. 미지의 것의 정체를 밝혀내기 위해서요."

"별 괴짜를 다 보겠군."

썰매꾼은 더 이상 토 달지 않고 썰매 끄는 개들을 재촉했다. 썰매는 빠르게 나아갔다. 설산에서 하룻밤을 야영하고, 반나절을 더 최선을 다해 달린 결과 정말로 하루 반 만에 던전 입구에 다다를 수 있었다. 포그는 인벤토리에서 골드를 또 한 움큼 꺼내 썰매꾼에게 쥐여 주었다.

"30시간 안에 돌아올 테니 기다려 주겠습니까? 게이트로 돌아가는 길까지 부탁드립니다."
"나야 상관없긴 한데… 정말로 둘이서 괜찮겠소?"
"괜찮습니다."
"괜찮을 겁니다! 우리 주인어른은 굉장히 강하거든요."

포그의 옆에서 파스파르투가 의기양양하게 외쳤다. 썰매꾼을 뒤로하고 포그와 파스파르투는 나란히 던전으로 들어갔다. 싸늘한 얼음 동굴에 발을 들이자마자 쿠웅, 육중한 소리를 내며 입구가 닫혔다.

형광물질을 띤 얼음벽이 푸르스름한 빛을 머금으며 신사와 하인의 앞길을 밝혀 주었다. 한 치의 망설임도 없이 뚜벅뚜벅 앞으로 나아가는 필리어스 포그의 뒤를 따르며 파스파르투는 아주 큰마음을 먹고 평소 궁금하던 것을 물어보았다.

"주인어른은 어떻게 이리 박식하고, 또 강하세요? 옛날에 아주 잘나가던 헌터셨습니까?"
"경험이 적지는 않네."

짧은 대꾸가 다였지만 하인 역시 쉽게 물러서지는 않았다.

"저는 주인어른의 스킬이 궁금합니다."
"별다를 건 없네. 그리고 전방을 주시하는 게 좋

겠군."

필리어스 포그가 하인에게 충고했다. 어느새 몬스터가 출몰하는 구역까지 다다랐는지, 얼음벽 사이에서 17층의 고유 몬스터, '얼음 아이'들이 하나둘 나타났다. 아이라는 이름이 붙었지만, 진짜 인간 아이처럼 생긴 것은 아니었다.

투명한 얼음으로 이뤄진 몸체에 인간처럼 이족보행을 하지만 얼굴은 늙은이에 더 가까웠다. '아이'라는 이름이 붙은 까닭은 놈들의 울음소리가 신생아와 비슷했기 때문이었다.

가장 가까이에 있던 몬스터가 침입자를 발견하고는 불안불안하게 입술을 뗐다. 그러고는 곧 소름 끼치는 울음소리를 토해 내기 시작했다.

"애애애앵! 끼에에에에엑!"

그것이 신호라도 된 듯, 몬스터들이 떼로 쏟아 내는 울음소리가 얼음 동굴을 가득 채웠다. 아무런 대비 없이 발을 들였다면 고막이 터지거나 미쳐 버렸겠으나, 파스파르투와 포그에게는 지독한 소음 정도로 느껴질 뿐이었다. 방어 장비 역할을 하는 코트 덕분이었다.

"처리하겠습니다!"
"당하지 않게 주의하게."

두 사람은 동시에 무기를 뽑아 들고 대성통곡하는 몬스터들을 빠르게 베어 내며 전진했다. 이미 수도 없는 난관을 헤쳐 온 그들에게 이 정도는 손쉬웠다. 얼마 지나지 않아 '얼음 아이'의 구역을 완전히 벗어난 두 사람 앞에, 이번에는 흰 털로 온몸이 뒤덮인 괴물이 나타났다.

"예티로군. 자네는 엄호하게."

포그가 파스파르투를 뒤로 물러서게 했다. 무기를 칼에서 총으로 바꿔 든 파스파르투는 장검을 뽑아 들고 예티에게 빠르게 접근하는 포그의 등 뒤를 지켰다. 포그의 기척을 알아차린 예티가 거대한 주먹을 휘두르려 했지만, 파스파르투가 발사한 총알이 그의 손을 완전히 박살 내 버렸다.

한 박자 늦게 부상을 알아차린 예티가 분노해 울부짖었지만, 곧이어 포그의 검이 놈의 목을 쳤다. 흰 털에 뒤덮인 머리통이 툭, 눈 위에 소리 없이 떨어졌다. 예티는 뻣뻣하게 경직되었다가 이내 소멸했다. 중간 구역에 다다라서 잠깐 눈을 붙이고 식사를 해결한 두 사람은 여섯 마리의 예티를 더 상대하고, 끈덕지게 달라붙는 눈의 요정을 내쫓고, 또다시 숱한 얼음 아이들을 해치우며 나아갔다.

필리어스 포그와 파스파르투는 던전에 입성한 지 꽤 오랜 시간이 지나서야 보스룸 앞에 다다랐다. 거대한 철문에 17층의 보스 몬스터, '눈의 여왕'과 그

어느 신사의 끝나지 않는 모험

주변을 지키는 예티, 얼음 아이, 그리고 눈의 요정들이 양각으로 아름답게 새겨져 있었다.

"광역 공격을 주의하게. 당장 죽지는 않지만 회복하는 데 오래 걸리니까."
"예, 명심하겠습니다!"

무기를 양손에 꾹 쥔 파스파르투가 고개를 크게 끄덕이고 앞장서서 문을 열었다. 끼이익, 육중한 철문이 양쪽으로 벌어지며 지금까지와는 차원이 다른 한기가 느껴졌다. 어둠이 진득하게 고인 보스룸 안에 발을 들이자 가장 안에서부터 차가운 불빛이 화악 터져 나오며 내부를 밝혔다.

그리고 드디어 파스파르투는 얼음 여왕의 모습을 볼 수 있었다. 입구에 새겨진 것처럼 마냥 아름다운 외견은 아니었다. 천장까지 머리가 닿을 것 같은 거대한 신장의 얼음 해골이 속이 비치는 푸른빛의 비단 드레스로 몸을 감싸고, 화려한 보석으로 장식된 얼음 왕관을 두개골 위에 얹고 있었다.

[얼음 여왕 :: LV. 185 :: HP. 1200/1200]

시스템 창이 보스 몬스터의 명칭과 상태를 알렸다. 스태프를 든 손뼈 끝에는 기다랗고 날카로운 손톱이 붙어 있었고, 끊임없이 달그락거리는 턱뼈 사이로는 새하얀 냉기가 흘러나왔다. 여왕의 근처에는 마치 굴복한 것처럼 무릎을 꿇거나 쓰러지기 직전 모습의 인간 얼음 동상들이 전리품처럼 놓여 있었다.

얼음 여왕에게 도전했다가 패배한 이들의 말로였다.

"총기는 거의 통하지 않으니 직접 접근해서 검이나 메이스로 타격을 주는 게 좋지만, 그렇다고 너무 오래 가까이 있지는 말게. 여왕의 냉기는 위험해."

어쩐지 등골이 오싹해지는 기분이 들던 파스파르투는 포그의 목소리에 퍼뜩 정신을 차렸다.

"넵! 명심하겠습니다."

파스파르투는 메이스를 장비했고 포그는 늘 사용하는 지팡이 형태의 검을 검집에 넣은 채로 단단히 잡았다. 둘은 거의 동시에 바닥을 박차고 움직였다. 먼저 앞으로 치고 나간 포그가 얼음 여왕이 휘두르는 스태프를 검으로 막아 냈다. 콰아앙! 검과 스태프가 충돌하는 소리가 동굴을 쩌렁쩌렁 울렸다. 거대한 몬스터를 단신으로 막아 내면서도 필리어스 포그는 전혀 흔들리지 않았다.

오히려 밀려난 쪽은 얼음 여왕이었다. 덜그럭대는 소리를 내며 여왕이 한 걸음 주춤 물러난 틈에 뛰어든 파스파르투가 메이스로 여왕의 몸통을 후려쳤다. 빠각! 여왕의 갈비뼈가 얼음 조각이 되어 사방으로 튀었다.

갑작스러운 충격에 얼음 여왕이 입을 쩍 벌렸지만, 얼어붙은 성대에서는 아무 비명도 흘러나오지 않았다. 포그의 조언대로 파스파르투가 빠르게 거리를 벌리자, 포그 역시 얼음 여왕을 힘으로 쳐 내고 뒤로 물러섰다. 잠시 휘청대던 얼음 여왕은 이내 중심을 잡고 포그를 향해 다시 스태프를 휘둘렀다.

이번에는 파스파르투가 나서서 메이스로 얼음 여왕의 공격을 맞받아쳤다. 콰아앙! 온몸이 으스러질 것 같은 충격과 함께 육중한 무게가 메이스를 내리눌렀다.

"무리하지 말게."
"괜찮습니다!"

억지로 버텨 내며 파스파르투가 외쳤다. 얼음 여왕에게 바짝 다가간 포그는 훌쩍 도약해 하인을 압박하는 여왕의 어깨를 크게 내려쳤다. 어깨뼈가 박살 나며 얼음 조각이 사방으로 튀었다. 포그는 그대로 허공에서 몸을 빙글 회전시켜 여왕의 두개골을 강타했다.

얼음 여왕이 입을 쩍 벌린 채 크게 휘청이는 틈에 파스파르투가 몸을 빼냈다가, 다시 돌진했다. 그때 바닥에 착지한 포그가 이상 징후를 감지하고는 눈살을 찌푸렸다.

"파스파르투, 잠깐 멈추게!"

"예?"

급히 경고했지만 이미 때는 늦은 뒤였다. 뼈만 남은 두 다리로 단단히 버티고 선 얼음 여왕이 파스파르투를 향해 싸늘한 숨결을 내뿜은 것이다. 파스파르투는 비명을 지를 틈도 없이 꽁꽁 얼어붙어 얼음 동상이 되어 버리고 말았다.

"이런."

얼음 여왕이 숨결을 거두자마자 뛰어든 포그는 우선 새하얗게 얼어붙은 파스파르투를 안전한 곳까지 끌어다 놓았다.

"잠시 여기서 기다리게."

꼼짝도 하지 못하고 눈동자만 굴리는 하인에게 짧게 당부한 포그는 단신으로 얼음 여왕에 맞섰다. 꼼짝도 못 하게 된 파스파르투는 졸아드는 애간장을 붙잡고 주인을 애처로이 바라보는 것 외에는 아무것도 할 수 없었다.

얼음 동상이 된 하인에게 관심을 끊은 여왕의 살기 어린 시선이 신사에게 닿았다. 여왕의 텅 빈 안와를 바라보는 신사의 눈동자가 차게 식어 있었다.

필리어스 포그는 지팡이 검을 쿵, 얼음 바닥에 내리찍었다.

어느 신사의 끝나지 않는 모험

파스파르투는 그의 등밖에 볼 수 없었지만, 평소와는 기세가 다르다는 것을 알아차렸다. 던전을 지배하던 냉기와는 다른 기운이 지팡이를 양손으로 짚은 신사 주위로 휘몰아치기 시작했다.

얼음 여왕 역시 가만히 있지는 않았다. 턱뼈를 쩍 벌린 여왕의 아가리 사이에서는 푸른빛을 머금은 냉기가 휘몰아치기 시작했다. 필리어스 포그마저 얼려 버리려는 것이었다. 파스파르투는 도망치라고 외치고 싶었지만, 꽁꽁 얼어붙은 목에서는 아무 소리도 나오지 않았다.

드디어 여왕이 차가운 숨결을 내뿜는 순간, 포그에게도 이변이 일어났다. 얼음 바닥에 깊숙이 꽂힌 지팡이 검을 중심으로 황금색 빛이 터져 나온 것이다. 푸르스름한 냉기만이 존재하던 공간에 금빛 오로라가 차오르더니 순식간에 얼음 여왕을 휘감았다.

하인은 제 눈앞에서 벌어진 일을 차마 믿지 못했다. 상황을 파악하지 못한 것은 얼음 여왕 역시 마찬가지였다. 거대한 몸을 몇 차례 비틀던 얼음 여왕은 곧 몸부림이라도 치는 것처럼 천장을 향해 팔을 뻗었다. 하지만 그 노력이 무색하게도 여왕은 금빛에 삼켜져 이내 파앙, 하는 작은 폭음과 함께 빛의 조각으로 화하고 말았다.

마치 하늘에서 쏟아지는 금화처럼, 하늘에서 황금색 파편이 조각조각 떨어졌다. 파스파르투는 눈동자를 굴려 멍하니 그 모습을 바라보았다. 오채색으로 반짝이며 나풀나풀 떨어지는 금가루가 차가운 던전을 따스하게 감싸는 광경은 가히 환상적이었다. 하지만 정작 그 장관을 만들어 낸 필리어스 포그는 아무런 감흥이 없는 것 같았다. 포그는 바닥에서 지팡이를 뽑아 들고 남은 핵을 회수하고는 파스파르투를 향해 돌아섰다.

파스파르투는 방금 본 게 포그의 스킬임을 확신했다. 죽기 전에 주인어른의 스킬을 봐서 좋았다고, 그러니까 그냥 가시라고 말하고 싶었지만, 얼어붙은 채로는 눈동자를 움직이는 게 다였다. 파스파르투의 앞에 선 포그가 간단히 말했다.

"이대로 던전 밖으로 나가면 죽고 마네. 하지만 던전 안에서 며칠 동안 몸을 녹이면 살아남을 수 있으니 걱정하지 말게."

신사는 하인의 곁을 떠날 생각이 전혀 없는 것 같았다. 그 한마디에, 파스파르투는 오히려 더 절망하고 말았다. 지금은 1분 1초가 아까운 상황이었다. 주인의 발목을 잡느니 차라리 이곳에서 죽는 게 낫다고 외치고 싶었지만 역시나 얼음이 되어 버린 몸으로는 할 수 있는 게 없었다.

필리어스 포그는 결코 파스파르투를 혼자 두지 않았다. 태울 수 있는 것들을 모두 태우며 묵묵히 하인의 꽁꽁 얼어 버린 몸을 녹이는 것에 집중할 뿐이

어느 신사의 끝나지 않는 모험

었다. 얼음 속에 갇힌 파스파르투는 심장이 쪼그라
드는 기분이었다. 시간이 얼마 남지 않았는데, 이대
로라면 주인은 파산은 물론 명예마저 잃어버리게
될 것이었다.

시간이 지나 간신히 입을 움직일 수 있게 된 파스
파르투는 자신을 두고 떠나라는 말을 몇 번이나 반
복했지만, 포그는 요지부동이었다.

"회복에나 집중하게."

결국 완전히 운신이 자유로워져 던전을 나갈 수
있게 되었을 때는 이미 3일이나 허비해 버린 뒤였
다. 파스파르투는 포그의 앞에 무릎을 꿇고 엉엉 울
음을 터뜨렸다.

"죄송합니다, 주인님! 저 때문에 귀한 시간을…!
이걸 어떻게 갚으면 좋을지!"
"괜찮으니 일어나게. 최대한 빠르게 움직이지."

포그는 주저앉은 파스파르투의 어깨를 한번 꾹
눌러 주고는 아무 일도 없었다는 것처럼 성큼성큼
던전을 빠져나갔다. 파스파르투는 눈물 콧물을 질
질 흘리며 후다닥 그의 뒤를 따랐다. 두 사람이 던전
밖으로 나오자 노심초사하며 기다리던 썰매꾼이 벌
떡 몸을 일으켰다.

"아니, 무사하셨소? 약속한 30시간이 훨씬 지났
는데도 돌아오지 않아서, 혹시나 했는데…!"

"떠나지 않았을까 걱정했는데, 약속을 지켜 줘서 고맙습니다. 기껏 호의를 베풀어 줬는데 미안하지만, 하루 안에 게이트로 가 줄 수 있겠습니까?"

"예?"

그들의 무사 생환을 눈으로 확인한 기쁨도 잠시, 썰매꾼은 터무니없는 주문에 얼빠진 소리를 내고야 말았다. 포그는 골드를 한 움큼 꺼내 그에게 쥐어 준 뒤, 최고급 속도 버프 포션과 체력 보정 포션을 열 개씩 꺼냈다. 그 값을 다 합치면 썰매꾼이 받은 돈보다 더욱 비쌀 게 분명했다.

"개에게 먹이십시오."

"……."

그날, 썰매꾼은 자신의 인생에 남을 질주를 하게 된다. 사람도 없어서 못 먹는 포션을 두 개씩이나 먹은 개들은 눈을 까뒤집고서 마구 내달렸고, 일행은 썰매에서 떨어지지 않기 위해 안간힘을 써야만 했다. 원래는 3일이 걸릴 길을 단 하루 만에 주파한 개들은 목적지에 도착하고 나서도 흥분을 가라앉히지 못해 한참을 달래야 했다. 필리어스 포그는 썰매꾼의 손을 굳게 잡고 악수했다.

"돈으로는 차마 갚지 못할 은혜를 입었습니다."

"아닙니다. 부디 앞으로의 여정도 무탈하시길 바랍니다."

어느 신사의 끝나지 않는 모험

처음 마주했을 때와는 완전히 다른 태도로, 썰매꾼이 깍듯하게 인사했다. 그와 작별한 두 사람은 드디어 게이트 안에 발을 들였다.

—클리어 조건: '탑'의 던전 보스 몬스터를 처치,
 핵을 수집할 것.
—진행 상황: 17/20
—남은 시간: 6일 01시간 14초
—보상: ???

퀘스트 창에 뜬 시간을 확인한 파스파르투는 가슴이 답답해졌다. 한 층을 공략하는 데 아무리 빨라도 4일은 족히 걸렸다. 6일 만에 18층과 19층을 모두 공략할 수 있을 것 같지는 않았다. 하지만 이 침착한 신사는 딱 한 마디를 내뱉을 뿐이었다.

"좀 더 서두르는 게 좋겠네."

18층에 도달하니 거대한 바다가 두 사람을 맞이했다. 17층과는 정반대로 내리쬐는 햇빛에 쪄 죽을 지경이었고, 끈적한 바닷바람이 두 사람의 옷차림을 흩어 놓았다. 포그와 파스파르투는 곧장 코트를 벗어 인벤토리에 갈무리하고 주변을 둘러보았다. 멀지 않은 선착장에 작은 요트 한 대가 있는 게 눈에 들어왔다.

요트로 다가가니 주인이 한가롭게 드러누워 낮잠

을 즐기는 게 보였다. 파스파르투가 에헴, 하고 헛기침으로 깨우려 했지만 요지부동이었다. 결국 파스파르투는 직접 그의 어깨를 흔들 수밖에 없었다.

"이봐요, 눈 좀 떠 봐요."

"커억… 응?"

코를 골던 뱃사람이 얼떨떨하게 눈을 떴다. 한 걸음 앞으로 나선 포그가 본론을 꺼냈다.

"이 배의 주인이십니까? 던전 앞까지 태워다 주셨으면 합니다. 사례는 넉넉히 해 드리겠습니다."

"던전? 헹, 단둘이서? 안 돼요, 못 가! 괜히 시체 치울 일만 생기지. 사람들을 더 모아 오쇼. 그럼 태워다 드리리다."

"돈은 충분히 드릴 수 있습니다."

"글쎄, 둘은 안 된다니까! 사람을 더 모아 오라고!"

포그가 한 번 더 제안했지만, 뱃사람은 낮잠을 방해받은 게 불쾌했는지 짜증을 터뜨릴 뿐이었다. 포그는 바람 한 점 없는 호수 같은 눈으로 그를 유심히 바라보았다. 아무래도 돈으로 설득할 수 있을 것 같지는 않았고, 그렇다고 실랑이할 시간이 있는 것도 아니었다.

"파스파르투."

"옙!"

짧은 부름에 파스파르투가 당장에 나섰다. 팔을

어느 신사의 끝나지 않는 모험

걷어붙이고 다가오는 하인을 어리둥절하게 바라보던 뱃사람은 이내 제 머리통을 향해 똑바로 겨눠지는 총구에 사색이 되고 말았다. 소싯적 이런저런 일을 하며 자잘한 흉터가 새겨진 팔뚝과 험악한 얼굴을 들이민 파스파르투가 위협적으로 으르렁었다.

"좋은 말로 할 때 배를 모는 게 좋을 거야. 15시간 안에 도착하지 못하면 머리에 바람구멍을 내 버리겠어."

"…"

뱃사람이 뻣뻣하게 굳었다. 다른 선택지는 없었다. 몇 분 뒤, 새하얀 돛을 활짝 펼친 요트는 바닷바람을 타고 매끄럽게 바다를 질주했다. 보통 같았으면 바닷바람을 만끽했을 파스파르투는 총을 겨눈 채 뱃사람을 재촉했고, 그는 결국 정확히 15시간 만에 두 사람을 던전 앞에 데려다주었다.

수고비로 한 움큼의 골드를 건네준 포그는 파스파르투와 함께 바닷속 던전으로 들어갔다. 뱃사람은 필시 두 사람이 던전 안에서 죽거나, 초주검이 되어 간신히 도망쳐 나올 거라 생각했지만 예상은 빗나갔다. 하루하고도 반나절 뒤, 필리어스 포그는 멀끔한 얼굴로 나타났고 파스파르투 역시 생채기는 좀 입었을지언정 무사히 해상으로 복귀했다.

경악해 입을 쩍 벌리는 뱃사람에게 포그는 처음에 줬던 수고비의 정확히 두 배의 골드를 건네주었다.

"12시간 안에 부탁하네."

"…."

터무니없는 주문이었지만, 못한다고 드러눕기에는 손 위에 올려진 골드 더미가 지나치게 무거웠다. 당장이라도 총을 뽑을 기세로 쏘아보는 파스파르투가 두렵기도 했다. 결국 뱃사람은 이번에도 고개를 끄덕일 수밖에 없었다.

19층까지 돌파하면서도 포그는 두 번 다시 그 스킬을 사용하지 않았다. 자신의 엄청난 실수를 반성하면서 입을 꾹 다물고 있었지만, 자꾸만 샘솟는 궁금증을 완전히 억누르는 건 파스파르투에게 어려운 일이었다.

19층 공략을 완료한 뒤 미친 듯이 질주하는 마차에 몸을 싣고 게이트로 돌아가는 길에, 하인은 결국 운을 떼고 말았다.

"주인어른, 혹시 그때 보여 주신 스킬이 뭔지 여쭤봐도 괜찮을까요?"

"별것 아니네. 아주 오래전에 운 좋게 얻었을 뿐이지."

휙휙 바뀌는 마차 밖을 무심하게 바라보며 필리어스 포그가 담백하게 답했다.

"스킬명이 뭔가요? 막, 순식간에 거대한 보스 몬스터를 처치하셨잖아요. 엄청 아름다웠는데…."

어느 신사의 끝나지 않는 모험

"'개척자의 발걸음.'"

파스파르투가 말을 끝내기도 전에 신사가 짧게 내뱉었다.

"언젠가, 탑 바깥세상을 일주한 뒤 보상으로 얻은 스킬이네. 앞을 막는 것을 모두 소멸시키고, 파편 중 일부는 골드로 환산되어 인벤토리에 쌓이지. 하지만 자주 사용할 수는 없네."

"아…!"

처음으로 듣게 된 그의 옛이야기에 파스파르투가 탄성을 터뜨렸다. 하긴 그만한 스킬이면 분명히 시전자에게도 큰 부담이 될 것이다. 혼자 지레짐작하는데, 포그가 덧붙였다.

"반경 내에 있는 것은 인간이든 몬스터든 모두 소멸시켜 버리는지라."

"…."

만약 열차 안에서 그 스킬을 사용했더라면 승객들까지 죄다 날려 버렸을 게 분명했다. 애초부터 그럴 생각도 없었지만, 파스파르투는 앞으로도 절대 그에게 불복종하거나 건방 떨어선 안 되겠다고 다짐했다. 파랗게 질린 하인을 힐끗 본 포그가 다시 입을 열었다.

"그리고 내가 뭐든 다 해결해 버리면, 다른 사람이 경험을 쌓을 기회를 빼앗는 것이 될 테니까."

"예?"

"많이 강해졌더군."

파스파르투가 어리둥절하게 되물었지만, 포그는 그 이상 아무런 말도 하지 않았다. 정신없이 달린 마차는 곧 두 사람을 최상층으로 올라가는 게이트 앞에 내려 주었다.

게이트로 향하면서 파스파르투는 제 주인이 방금 한 말을 다시 곱씹어 보았다.

'내가 강해졌나?'

무엇이든 잘한다고, 많은 직장을 거치며 대부분의 고용주는 파스파르투를 칭찬했다. 자신 역시 그럭저럭 만족하며 지내 왔던 것 같다. 하지만 자신이라면 탑의 최상층까지 오르겠다는 미친 발상은 하지 않았을 것이다.

길게 생각을 이어 갈 틈은 없었다. 드디어 마지막 층이었다. 게이트 안에 발을 들인 두 사람의 몸을 환한 빛이 감쌌다.

—클리어 조건: '탑'의 던전 보스 몬스터를 처치, 핵을 수집할 것.
—진행 상황: 19/20
—남은 시간: 0일 16시간 14초
—보상: ???

어느 신사의 끝나지 않는 모험

눈을 감았다가 뜨니 곧 생소한 세상이 눈앞에 펼쳐졌다. 몇 차례 눈을 깜빡이던 파스파르투가 바보같이 중얼거렸다.

"천, 천국에 온 겁니까?"
"혹자들은 그렇게 비유하기도 하지."

먼저 걸음을 뗀 포그의 뒤를 허둥지둥 따르면서도 파스파르투는 주변을 둘러보는 것을 멈출 수 없었다.

하늘을 가득 채운 무지갯빛 구름 사이로 투과한 햇빛이 사위를 따뜻하게 감싸 안았다. 딱 하나인 길양옆으로는 생전 처음 보는 식물들이 은은한 빛을 머금고 바람이 불 때마다 연약한 잎을 살랑살랑 흔들었으며 그 위로는 새하얀 나비 떼가 느긋하게 노닐었다.

적당한 온도와 습도, 그리고 평화로운 풍경이 몸과 마음을 나른하게 만들었다. 새하얀 토끼가 고개를 빼꼼 내밀었다가 낯선 인기척에 도망치기도 했고 멀리서 순박한 눈빛을 보내오는 사슴도 있었다. 달콤한 꽃향기가 코를 간지럽히고, 찌르르 우는 풀벌레 소리는 마치 감미로운 음악 같았다.

"저는… 이 풍경을 본 것만으로도 세상을 다 얻었다고 말할 수 있을 것 같습니다."

벅차오른 감정을 이기지 못한 파스파르투가 말했

지만, 포그는 여전히 냉정했다.

"아름답다는 것은 알겠지만, 너무 빠져들지는 말게."

"예? 어째서입니까?"

"이곳의 존재들은 생명이 만들어 낸 허상이지. 한낱 인간인 우리는 저항할 수 없어. 필요 이상으로 매료되어 버리면 돌아갈 수 없게 돼."

"히익…."

"이곳에서 행복한 여생을 보낼 수는 있겠군. 더이상 아무런 고민도 할 필요 없는 사슴이나 토끼가 되어서 말일세. 20층에 인간이 살지 못하는 까닭이 바로 그것이지."

파스파르투는 두리번거리지 않고 포그의 등만 뚫어지게 바라보며 걷는 데 최선을 다했다. 그렇게 걷기를 한참, 같은 풍경만 반복될 뿐 다른 기척이나 특이점이 전혀 보이지 않자 파스파르투는 슬슬 조마조마해졌다.

"저기, 주인어른…. 해치워야 하는 보스 몬스터가 아직 한 마리 남았잖아요. 최상층의 보스 몬스터는 어떤 녀석이죠?"

"글쎄."

처음으로 포그에게서 모호한 대답이 돌아왔다.

"퀘스트는 분명 20마리의 보스 몬스터를 처리하

어느 신사의 끝나지 않는 모험

라고 되어 있지."

"네에… 그렇죠."

"그리고 20층에는 던전이 없다네."

"예에… 네?"

얼떨떨하게 고개를 끄덕이던 파스파르투는 퍼뜩 정신을 차리고 기함했다.

"잠깐만요, 그럼 던전은 총 19개라는 말인데…. 그럼, 20층에는 보스 몬스터가 없다는 말씀이세요?"

"알려진 바로는 그렇지. 시스템이 틀렸을 리는 없으니, 20층에 숨겨진 던전이 있다고 여길 수밖에."

아마 필리어스 포그는 처음 이 퀘스트가 생성되었을 때부터 이 사실을 알고 있었을 터였다.

"그래서 조금 일찍 20층에 다다라서 조사해 볼 생각이었지. 하지만 그러기에는 시간이 다소 촉박하군."

포그는 시야 한쪽에 표시된 제한 시간을 힐끗 확인했다.

[0일 13시간 2초]

20층 역시 아래층들과 마찬가지로 면적이 상당히 넓었다. 제대로 수색하려면 며칠은 투자해야겠지만, 지금 그러기에는 불가능한 상황이었다. 파스파르투의 얼굴이 새파랗게 질렸다.

"저, 저 때문에 시간을 허비해서….”
"고층 던전은 자네가 감당하기 힘든 곳이네. 나는 그것을 알고도 자네를 동행으로 삼았으니, 모든 것은 내 책임이지.”
"왜 이렇게 차분하세요? 주인어른께서 빈털터리가 되시더라도 저는 끝까지 주인어른을 모시겠지만, 저 때문에 돈과 명예를 잃으시는 것은 결코 참을 수 없습니다! 일단 이 주변이라도 샅샅이 수색하면 분명히 뭐라도 나올 거예요!”
"침착하게. 아까도 말했듯, 이곳은 위험해.”

파스파르투가 당장이라도 뛰쳐나갈 것처럼 굴자 포그가 조용히 저지했다.

"자네가 이곳에서 실종되기라도 한다면, 나는 자네를 찾기 위해 시간을 더욱 소모하게 되겠지. 그러다 이곳의 향기에 취하기라도 한다면, 자네와 나둘 다 이곳을 영원히 빠져나가지 못하게 될 걸세.”
"하지만….”
"일단은 생명나무가 있는 곳으로 가 보지.”

미련이 남아 입을 우물거리는 파스파르투의 말허리를 자른 포그가 단호하게 말했다. 토를 달지 말라는 뜻을 읽어 낸 하인은 결국 속에서 끓어오르는 온갖 말을 꾹꾹 눌러 담을 수밖에 없었다.

어느 신사의 끝나지 않는 모험

탈것도, 재촉할 것도 없는 세상에서 두 사람은 그저 자박자박 걸음을 옮기기만 했다. 자신 때문에 주인이 내기에서 질 것 같다는 걱정에 사로잡힌 파스파르투는 어깨를 축 늘어뜨린 채 포그의 뒤를 얌전히 따랐다.

아주 오랜 시간을 이동한 것 같았지만 풍경은 좀처럼 바뀔 기미가 보이지 않았다. 해도 기울지 않아서 마치 시간이 멈춘 세상처럼 느껴졌다. 차라리 그랬으면 좋으련만, 야속하게도 퀘스트 창에 표시되는 시간은 점점 줄어들어만 갔다.

천국처럼 아름다운 풍경 속을 걷고, 또 잠깐 쉬다 걷기를 반복해 마침내 생명나무에 도착했을 때는, 퀘스트 종료까지 2시간 남짓이 남아 있었다.

다른 그 무엇과도 비교할 수 없을 정도로 거대한 나무는 은빛 하늘을 떠받들며 조용히 그 자리에 존재했다. 신비로운 빛을 머금은 가지와 줄기에는 에너지가 넘쳤고, 풍성한 잎 하나하나는 마치 자개로 이루어진 듯 은은하게 반짝였다.

파스파르투가 입을 헤벌리고 생명나무를 올려다보는 사이, 포그는 나무줄기로 천천히 다가갔다. 여기까지 온 것은 포그 역시 처음이었다. 탑이 생긴 이래로 줄곧 존재해 온 생명나무는 온 세상을 수호한다는 이름답게 강렬한 존재감을 가지고 있었다.

줄곧 신경을 곤두세우고 있었지만 역시나 다른 몬스터나 NPC의 기척은 느껴지지 않았다. 조건을 갖추면 열리는 히든 던전이 있다 하더라도 지금 와서 그 방법을 밝혀내는 건 불가능한 일이었다.

퀘스트 창의 시간이 1시간 40분에서 1시간 39분, 그리고 곧 1시간 38분으로 바뀌었다. 1시간 37분 후의 필리어스 포그는 명예와 돈을 잃게 될 게 틀림없었다. 내내 침착했던 신사는 정말로 오랜만에, 상황이 다소 곤란하게 됐다는 생각을 했다. 바로 그때, 파스파르투가 커다랗게 비명을 질렀다.

"아아아아!"

"무슨 일 있나?"

뒤를 돌아보자 파스파르투가 제 머리칼을 죄다 뽑아 버릴 기세로 틀어쥔 채 눈을 휘둥그레 뜬 것이 보였다. 포그는 파스파르투가 내기에서 질 것을 절망한 탓에 큰 소리를 냈다고 여겼다. 하지만 파스파르투는 제 머리를 헝클던 손으로 생명나무를 가리켰다.

"주인어른! 혹시 저거 아닐까요?"

"똑바로 말하게."

뜬금없는 말에 포그가 되물었다. 그러자 파스파르투가 답답해 죽겠다는 듯 언성을 높였다.

"20층의 보스 몬스터 말입니다! 저 나무 아니냐

어느 신사의 끝나지 않는 모험

고요!"

"뭐라고?"

"그렇잖습니까! 생명이 넘치는 곳이라면서, 오래
머무는 사람을 토끼나 사슴으로 만들어 버린다면
서요? 최상층 자체가 던전이었던 겁니다! 저 나무
는 사람을 잡아먹고 저만큼 성장한 거고요!"

하인이 쏟아 낸 말에 포그는 살짝 눈썹을 치켜올
렸다. 탑을 오르기 시작한 뒤 처음으로 보인 표정 변
화였지만, 파스파르투는 거기에 반응할 틈이 없었
다. 퀘스트 완료까지 1시간 30분이 남아 있었다.

"그건 근거 없는….”

"시험해 보면 알 수 있습니다! 아마 지금까지 아
무도 안 해 봤겠지요!"

포그의 말을 중간에서 뚝 끊어 버린 파스파르투
가 제 인벤토리에서 메이스를 꺼냈다. 그러고는 포
그가 말리기도 전에 생명나무에 달려들어 거대한
기둥을 쾅 내리찍었다. 잎이 우수수 떨어지고 강타
당한 충격에 나무가 부르르 떨렸다. 그리고 다음 순
간, 생명나무 옆에 익숙한 시스템 창이 떠올랐다.

[생명나무 :: LV. 432 :: HP. 1999/2000]

필리어스 포그의 눈이 크게 떠졌다. 생명나무는
시스템의 뿌리와도 같은 존재로, 원래라면 인간의

힘으로는 결코 파괴할 수 없었다. 파스파르투의 공격에 약간의 타격을 입었다는 것은, 나무에 뭔가 이변이 생겼다는 증거였다. 약간의 흠집이 난 생명나무는 아무런 반응도 하지 않고 가만히 두꺼운 몸체를 내밀고 있을 뿐이었다. 마치 얼른 자신의 목을 쳐 마지막 조건을 달성하라고 말하는 것처럼.

파스파르투는 그럴 줄 알았다는 듯, 아예 인벤토리에서 낡아 빠진 도끼를 꺼내 나무를 쾅쾅 내리찍기 시작했다. 나뭇잎이 우수수 떨어지며 나무의 HP가 서서히 깎이기 시작했다. 퍼뜩 정신을 차린 포그 역시 굳은 얼굴로 인벤토리에서 도끼를 소환했다.

사람을 홀리는 특유의 힘 때문인지 스킬은 제대로 통하지 않았다. 결국 이 거대한 나무가 쓰러질 때까지 사정없이 내리쳐야만 한다는 뜻이었다. 두 사람은 쉴 새 없이 움직였다. 고요하고 평화롭기만 하던 최상층에 쾅, 쾅 나무 찍는 소리가 둔탁하게 울려 퍼졌다.

"서두르세요, 주인어른!"
"알고 있네!"

급한 마음을 이기지 못한 파스파르투가 빼액 고함을 지르자, 포그 역시 손놀림을 더욱 빠르게 재촉했다.

시간도 점점 흘러갔다. 0시간 50분에서 48분, 35

분…. 생명나무의 HP 역시 빠르게 줄어들어 갔다. 마침내 1분이 채 안 남았을 때, 영원히 흔들릴 것 같지 않던 생명나무의 줄기가 우지끈, 부러졌다. 몇 번 휘청거리던 거목은 이내 완전히 빛을 잃어버리고 기우뚱 휘어지더니 쿠우웅, 육중한 소리를 내며 바닥에 쓰러졌다.

"됐다!"
"잠깐 기다리게."

파스파르투가 환호성을 터뜨리려는 찰나, 포그가 그를 붙잡아 세웠다. 그와 거의 동시에 부러진 자리에서 새하얀 빛이 터져 나왔다. 눈을 질끈 감았던 포그와 파스파르투가 다시 눈을 떴을 때, 두 사람은 또다른 공간으로 이동해 있었다.

아무것도 없이 새하얗기만 한 공간에 둥실 떠오른 퀘스트 창이 가장 먼저 눈에 들어왔다.

―클리어 조건: '탑'의 던전 보스 몬스터를 처치,
 핵을 수집할 것.
―진행 상황: 20/20(완료)
―남은 시간: 0일 0시 0분 21초
―보상: ???

포그의 입에서 탄식이 터져 나왔다. 정신을 차리고 보니, 손에는 도끼 대신 새하얀 돌이 쥐어져 있었다. 지금껏 아무도 처치한 적 없는 20층의 보스 몬스터, '생명나무'의 핵이었다. 맥이 탁 풀렸다. 탑의 탐사는 오래전에 다 끝났다고 알려졌지만, 역시나 아직 인류가 미처 알아내지 못한 부분이 남아 있었던 것이다.

"주인어른… 여기는 어딜까요?"

"글쎄."

주변을 둘러보니, 순백의 세계가 끝도 없이 펼쳐져 있었다. 빛으로 가득 찬 것 같기도 했고, 텅 빈 것처럼 느껴지기도 했다. 파스파르투는 다소 두려운지 포그의 곁으로 한 걸음 바짝 다가갔다. 생명나무를 쓰러트리는 것과 동시에 카운트다운은 멈췄다. 하지만 보상 칸이 아직 공란인 것을 보니 분명 뭔가가 더 남아 있는 게 분명했다.

포그는 생명나무의 핵을 꾹 쥐고서 천천히 걷기 시작했다. 늘 그랬듯 정확한 보폭에 한 치의 흔들림도 없는 걸음걸이였다. 그러자 분명 아무것도 없던 곳에 무언가의 실루엣이 보이기 시작했다. 무언가에 홀리듯, 포그는 잠깐 그 자리에 우뚝 멈춰 섰다.

"주인어른? 아."

어리둥절해하던 파스파르투는 곧 포그가 본 것을 발견하고는 짧게 탄식을 터뜨렸다. 작은 나무 한 그루가 새하얀 세상에 외로이 서 있었다. 빛 속에 홀로 놓인 어둠 한 조각 같은 나무는 아직 잎조차 나지 않은 작은 묘목이었다. 잠깐 생각에 잠겨 있던 필리어스 포그는 어린나무에 다가갔다.

"이게 뭐죠?"
"생명나무."

슬금슬금 뒤따라온 하인이 조심스레 묻는 말에, 신사가 짧게 대답했다.

"생명나무요? 그건 방금 저희가 베어 낸 거 아니었어요?"
"그건 생명나무라는 이름의 환상형 몬스터였을 걸세. 이쪽이 아마 진짜겠지."

그건 생명나무라 부르기에는 너무나도 볼품없고 초라한 모습이었다. 하지만 필리어스 포그의 어조는 확신에 차 있었다. 주인어른의 말은 틀린 적이 없었기에, 파스파르투는 얌전히 입을 다물었다.

시스템이 세상을 뒤집고 새로운 규칙을 확립하던 때 태어난 생명나무는 세상을 유지하고 지탱하는 기둥과도 같았다. 그러니 한낱 세상의 구성원인 인간의 힘으로는 결코 파괴할 수 없다는 것이 상식이었고, 아무도 생명나무를 베어 낼 시도조차 해 보지 않았다.

하지만 바깥의 '생명나무'는 고작 두 사람의 공격에 쉽게 무너져 버렸다. 그리고 이 작은 나무 역시 당장 영양을 공급받지 못하면 얼마 못 가 죽어 버릴 것처럼 보였다.

필리어스 포그는 이 뜬금없는 퀘스트의 전말이 어떻게 된 건지 대충 알아차릴 수 있었다.

"그렇군. 생명나무의 수명이 거의 다 되어 가고 있었던 거였어."

"예?"

"늙은 몸에서 탈피하고 새로 태어나기 위해서 양분이 필요했던 거네."

필리어스 포그는 인벤토리에 넣어 두었던 다른 층 보스 몬스터들의 핵을 모두 꺼냈다.

"자네 말이 맞았어. 향을 뿜으며 사람들을 유혹해 토끼와 사슴 따위로 만들며 생명을 빼앗은 것도… 어떻게든 스스로 수명을 늘리려는 시도였던 걸세. 마치 식충식물이 벌레를 꼬여 잡아먹듯이."

그러기에는 몬스터의 형태가 가장 적합하니, 본체는 이곳에 남겨 두고 몬스터가 된 늙은 몸체를 양분을 얻을 뿌리로 삼아 밖에 두었다. 하지만 그것에도 한계가 찾아왔고, 평화롭던 탑에 새로운 퀘스트를 내린 것이었다. 자신을 도와달라고. 파스파르투가 얼떨떨한 얼굴로 물었다.

"아니, 그럼, 양분을 얻지 못하고 죽어 버리면 어떻게 되는데요? 진짜 세상이 멸망해요?"

어느 신사의 끝나지 않는 모험

"그것은 잘 모르겠지만, 지금 무엇을 해야 하는지는 알겠군."

파스파르투는 여전히 혼란스러운 얼굴이었다. 포그는 작은 나무 앞에 한쪽 무릎을 꿇고 앉았다. 그러고는 조심스럽게 나무의 뿌리가 있는 곳을 손으로 파 보았다. 지면이 손쉽게 갈라지며 작은 홈이 만들어졌다.

포그는 지금껏 모은 핵을 모두 쏟아 넣고 마지막으로 생명나무의 핵까지 넣은 뒤 구덩이를 도로 메웠다. 마치 죽어 가는 식물에 거름을 주는 것처럼. 몸을 다시 일으켜 세운 포그는 여전히 영문을 모르겠다는 얼굴의 파스파르투를 잡아끌어 뒤로 물러서게 했다.

잠시 후, 검게 말라붙은 묘목이 희미하게 빛나더니, 가느다란 가지 끝에 새끼손톱만 한 잎 하나가 매달렸다. 당장이라도 부러질 것 같던 나무는 어느새 바깥의 거대하던 나무처럼 은은하고도 신비로운 빛을 머금고 있었다.

파스파르투는 입을 쩍 벌리고 그 광경을 보다가, 어깨에 무심히 올라오는 손에 화들짝 놀라 옆을 돌아보았다. 필리어스 포그가 하인의 어깨를 툭툭 두드리며 어린나무를 물끄러미 바라보고 있었다.

"파스파르투, 자네가 세상을 구했어."

그렇게 말하는 필리어스 포그의 옆모습은 옅은 미소를 띠고 있었다. 얼이 빠진 채 서 있던 파스파르투는 띠링, 하는 알림음에 무심코 시스템 창을 확인했다.

—클리어 조건: '탑'의 던전 보스 몬스터를 처치, 핵을 수집할 것.
—진행 상황: 20/20(완료)
—남은 시간: 0일 0시 0분 21초
—보상: 새로운 개척지 개방

　생전 처음 보는 보상이었다. 금은보화도 아니고 대단한 스킬도 아닌, 새로운 개척지라니? 퍼뜩 이해할 수 없는 상황에 넋을 놓고 있던 파스파르투는 문득 주변의 공기가 바뀌었다는 사실을 깨닫고는 고개를 들었다.

　"어?"

　방금까지만 해도 사방이 새하얗기만 한 공간에 서 있었고, 그전에는 온갖 꽃이 흐드러지고 만발한 낙원에 두 발을 붙이고 있었다. 하지만 지금 두 사람은 검은 흙이 끝없이 펼쳐진 평야에 심어진 작은 나무 한 그루를 앞에 두고 있었다. 신비로운 식물들은 온데간데없었고, 아름다운 짐승이나 나비도 전혀 보이지 않았다. 꽃향기도 없었고, 단지 약간 건조

한 바람과 촉촉한 흙냄새가 코끝을 간지럽혔다. 오색찬란한 구름이 뒤덮었던 하늘은 어느새 새파랗게 갠 뒤였다.

늙은 생명나무가 제 소임을 다하며 그것들을 모두 거두어 가고, 다음 세대의 생명나무에게 새로운 땅을 넘겨준 거였다.

"일주는 끝난 것 같군."

"네? 네…."

마치 한바탕 꿈을 꾼 것 같았다. 포그의 담담한 말에 멍하니 고개를 끄덕이던 파스파르투는 퍼뜩 정신을 차리고 주인을 돌아보았다.

"자, 잠깐만요, 주인어른! 이런 식이면 내기는 어떻게 되는 겁니까? 보상은 도대체 뭔데요? 보상을 얻어 내는 것까지가 내기였잖아요!"

"보상은 이미 얻었네."

하인이 따지듯 묻는 말에 필리어스 포그가 느긋이 대답했다.

"아마 지금쯤 1층이 제법 소란스러워졌을 걸세. 21층이 개방되었다는 소식이 전해졌을 테니까."

툭, 포그는 파스파르투의 등을 한번 가볍게 두드려 주고는 몸을 빙글 돌려 게이트를 향해 성큼성큼 걸음을 옮겼다.

"내기는 이겼네, 파스파르투. 다 자네 덕분이야. 1층으로 돌아가면 포상금을 넉넉히 지급하지."

망연하게 그의 뒷모습을 바라보던 파스파르투는 묘한 위화감을 느꼈다. 언제나 정확한 보폭, 같은 속도로 걸음을 옮기는 주인의 발걸음이 평소보다 조금 빠르다는 것을 알아차린 것이다.

그 순간, 파스파르투는 무언가를 깨닫고 말았다. 지금까지는 없던 21층이 개방되었다는 건 분명 엄청난 일이었다. 하지만 세상이 한층 더 넓어졌다는 사실이나, 제 주인이 내기에서 이겨 막대한 이득을 보게 됐다는 것보다 더 중요한 것이 있었다. 하인은 헤벌쭉 미소를 지으며 거의 뛰다시피 해서 주인의 뒤를 따라잡았다.

"그러면, 처음에 퀘스트에 관해 소문이 퍼졌을 때처럼… 주인어른께서 이기셨다는 소식이 전해졌을 거라는 말씀이세요?"
"아마도."
"그러면, 조금 천천히 돌아가도 되지 않습니까? 어차피 우리가 내기에서 이겼다는 사실은 이미 알려졌을 테니까요."

잔뜩 흥분한 파스파르투가 콧김을 뿜을 기세로 외치자 필리어스 포그는 정면만을 가만히 응시하며 짧게 대답했다.

어느 신사의 끝나지 않는 모험

"그렇지 않아도, 그럴 계획이었네."

처음 개방된 구간을 누구보다도 먼저 밟는 기쁨은, 아마 다른 그 무엇과도 바꿀 수 없을 것이었다. 그리고 파스파르투는 자신의 주인이 진정 원하는 것이 무엇인지 알아냈다는 사실에 더욱 흥분되었다.

"이얏호!"

방정맞게 펄쩍 뛰어오르며 파스파르투가 바보 같은 환호성을 내질렀다. 필리어스 포그는 굳이 그를 만류하지 않았다. 두 사람은 21층의 게이트로 가는 발걸음을 멈추지 않고서 부지런히 움직였다.

새로운 세상이, 그 누구도 아직 보지 못한 개척지가 그들을 기다리고 있었다.

작가의 말

　제 인생 첫 번째 모험은 초등학생 시절, 수업 시간에 선생님 몰래 교과서 대신 소설책을 읽는 것으로 시작되었습니다. 학교 도서관에서 빌려 온 먼지 냄새가 나고 손때 탄 책들에 이끌려 저는 엉뚱한 세계에 첫발을 들였습니다.

　책 속 세상에서 저는 기사를 자처하는 미친 노인과 함께 구부러진 창을 든 채 풍차에 달려들기도 하고, 뙤약볕이 쏟아지는 바다 위 조각배에서 청새치와 한판 대결을 벌이기도 했습니다. 80일 만에 세계 일주를 할 수 있다는 괴짜 신사와 모험을 떠나기도 했습니다. 때로는 다른 세계에 이끌려 얼떨결에 세상을 구하거나 소중한 인연을 만나고, 불타는 사랑에 푹 빠져 보기도 했습니다.

고전문학, 장르소설, 웹소설…. 텍스트로 이뤄진 세상은 제게 다른 무엇과도 바꿀 수 없는 경험을 안겨 주었습니다. 그리고 시간이 흘러, 그 경험을 밑천 삼아 지금은 감사하게도 작가라 불리며 이 작품들을 집필할 수 있게 되었습니다.

단편들을 집필하는 내내 즐거운 마음뿐이었습니다. 마음의 고향과도 같은 《돈키호테》, 《80일간의 세계 일주》, 《노인과 바다》를 현재 제가 작가로서 주로 활동하는 분야인 웹소설, 판타지 소설적 방향으로 재해석하는 작업은 고뇌하는 순간마저도 행복한 여행이었습니다. 출간을 앞둔 지금은 이 명작들에 폐를 끼치지 않았으면 좋겠다는 바람만 남았습니다.

리디 '우주라이크' 프로젝트로 처음 〈살라오의 근성〉을 집필할 당시, 소재로 고민하던 제게 고전문학 오마주라는 첫 아이디어를 주신 글동지 님께 감사의 말씀 전해드립니다. 〈살라오의 근성〉이 처음 세상 빛을 보도록 도와주신 분들, 그리고 연작을 집필할 기회를 주시고 원고를 살뜰히 살펴 주신 테오 PD님과 안전가옥 분들께도 감사드립니다.

모든 감사한 분들과, 이 책을 접하신 독자님들께 즐거운 모험과 행운이 가득하길 바랍니다.

가언 드림

작가의 말

프로듀서의 말

　지금까지 여러 번 '프로듀서의 말'을 적어 왔습니다. 그리고 매번 쓸 때마다 독자분들의 감상이 궁금했습니다. 이번에는 특히 〈살라오의 근성〉, 〈자네 이름은 산초가 좋겠다〉, 〈어느 신사의 끝나지 않는 모험〉, 이 세 편의 이야기를 통해 낯선 세계로의 모험을 잘 다녀오셨는지 무척 궁금합니다.

　실제 현실에서는 만나 볼 수 없는 세계, 이 낯선 세계를 《반지의 제왕》을 집필한 J.R.R. 톨킨은 현실의 일차 세계와는 다른 세계, 허구의 세계이지만 내부적으로 일관성이 있는 세계를 '이차 세계'(Secondary world)라고 불렀습니다. 그의 작품과 세계관은 《반지의 제왕》이전에 존재했던 환상문학과는 결을 달리하는 이야기들을 계속해서 생성하게 했고, 이를 우리는 장르적으로 '판타지'(Fantasy)라고 부르며 즐기고 있습니다.

판타지 장르는 우리말 번역어가 환상이기에 보통 우리나라에서는 장르소설에서의 판타지와 환상(성), 환상문학 등의 구별이 잘 되지 않고 뭉뚱그려서 표현하기 때문에 자주 오해를 받는 장르이기도 합니다. 게다가 한국적 판타지 또는 한국형 판타지라는 개념과 흐름 또한 오랜 기간 동안 논쟁의 대상이었습니다. 물론 현재 한국의 판타지는 독자적인 발전과 성공으로 그만의 장르 규범 그리고 재미와 의미를 확보해 가며 지금도 계속 변화하고 있습니다.

《자네 이름은 산초가 좋겠다》는 그러한 토대 위에서 만들어진 새로운 변화의 사례이자 흥미로운 이야기가 되었다고 생각합니다. 서양에서 발전된 판타지의 규범과 한국에서 독자적으로 발전된 한국적 판타지 규칙 그리고 같이 어울릴 것 같지 않았던 고전문학에서 가지고 온 모티브까지 이러한 요소들을 절묘하게 재해석 그리고 결합하여 멋진 이야기로 만들어 주신 가언 작가님께 이 자리를 빌려 감사의 인사를 전합니다.

더불어 낯선 세계로의 모험을 기꺼이 나서 주시고, 끝까지 함께해 주신 독자분들께도 깊은 감사의 마음을 보냅니다. 새로운 모험의 길에서 다시 만나 뵙기를 바랍니다.

감사합니다.

안전가옥 스토리 PD
윤성훈 드림

프로듀서의 말

자네 이름은 산초가 좋겠다

지은이	가언
펴낸이	김홍익
펴낸곳	안전가옥

기획	안전가옥
콘텐츠 총괄	이지향
프로듀서	윤성훈
	고혜원 · 김보희 · 신지민
	이수인 · 이은진 · 임미나 · 황찬주
퍼블리싱	박혜신 · 임수빈
편집	김유진
디자인	금종각(이지현 · 최세은)
서비스 디자인	김보영
비즈니스	이기훈
경영지원	홍연화

출판등록	제2018-000005호
주소	(04779) 서울특별시 성동구 뚝섬로1나길 5,
	헤이그라운드 성수 시작점 201호
대표전화	(02) 461-0601
전자우편	marketing@safehouse.kr
홈페이지	safehouse.kr
ISBN	979-11-93024-34-8
초판 1쇄	2023년 11월 23일 발행

안전가옥 쇼-트 시리즈